MW01519229

BCKIT FIC OSS
Osson, Gabriel, author.
Kit de club de lecture francophone
Hubert, le restavek roman

32022210324329

HUBERT, LE RESTAVÈK

DU MÊME AUTEUR

Efflorescences (poèmes)
Montréal, Gauvin, 2000.

Envolées (poèmes)
Morrisville, Caroline du Nord, EUA, 2015.

*J'ai marché sur les étoiles, sept leçons
apprises sur le chemin de Compostelle* (récit)
Paris, Montréal, Société des écrivains, 2015.

Gabriel Osson

Hubert, le restavèk

ROMAN

Indociles

Catalogage avant publication de Bibliothèque et Archives Canada

Osson, Gabriel, auteur
    Hubert, le restavèk / Gabriel Osson.

(Indociles)
Publié en formats imprimé(s) et électronique(s).
ISBN 978-2-89597-586-1 (couverture souple). — ISBN 978-2-89597-611-0 (PDF). —
ISBN 978-2-89597-612-7 (EPUB)

    I. Titre. II. Collection : Indociles

PS8579.S66H83 2017   C843'.6   C2017-900241-4
                                   C2017-900242-2

Les Éditions David
335-B, rue Cumberland, Ottawa (Ontario) K1N 7J3
Téléphone : 613-695-3339 | Télécopieur : 613-695-3334
info@editionsdavid.com | www.editionsdavid.com

Tous droits réservés. Imprimé au Canada.
Dépôt légal (Québec et Ottawa), 1ᵉʳ trimestre 2017

Les Éditions David remercient le Conseil des arts du Canada, le Bureau des arts
francophones du Conseil des arts de l'Ontario, la Ville d'Ottawa et le gouvernement
du Canada par l'entremise du Fonds du livre du Canada.

Pour une Haïti sans restavèk

Même si les faits relatés dans ce livre
sont basés sur la réalité, toute ressemblance
avec des personnes existantes ou ayant existé
ne serait que fortuite.

*Tous les droits d'auteur seront versés
à des organisations venant en aide
aux enfants restavèks d'Haïti.*

Pour Emma, ma Gran' Da
et tous les enfants restavèks d'Haïti.

« Une fois que vous avez appris à lire, vous êtes libre à tout jamais. »

Frederick Douglass,
esclave africain, abolitionniste,
auteur et homme d'état
du XIXᵉ siècle.

Prologue

Enfants esclaves

Les premiers bruits au sujet de l'esclavage des enfants en Haïti sont apparus en 1984 et 1990 lors des conférences sur la domesticité des enfants tenues à Port-au-Prince, Haïti.

Les participants à ces deux conférences ont assimilé les services domestiques des enfants à « l'esclavage ». Ils ont parlé de passages à tabac, d'abus sexuels et, dans leur zèle pour plaire à des institutions de financement et gagner du soutien, ils les ont présentés comme une épidémie. Amalgamant chaque enfant haïtien entre cinq et dix-sept ans qui ne vivent pas avec leurs parents à la catégorie de l'enfant domestique, les experts sont arrivés à des estimations allant de 100 000 à 250 000, soit de 5 à 12 % de tous les enfants haïtiens dans cette catégorie d'âge. (25 % de la population haïtienne a entre 4 et 15 ans et 32 %, entre 4 et 18 ans.)

Source : UNICEF 1993, Dorélien 1982, 1990 ; Clesca 1984.

Alors que Haïti est signataire de la Convention internationale des droits de l'enfant (1989), de la Convention sur les pires formes de travail des enfants (1999) et du Protocole de Palerme (2009), la législation nationale ne protège pas pleinement les enfants des diverses formes de trafic ou maltraitance.

Même si, officiellement, le fait d'avoir des restavèks a été aboli par le gouvernement haïtien en 2003, le phénomène persiste et continue d'exister au vu et au su des autorités locales.

Le séisme de janvier 2010 a fait croître le nombre d'enfants qui se sont trouvés orphelins ou dans la rue. Selon certaines sources, ce nombre se situe entre 300 000 et 400 000, soit autant d'enfants qui se sont retrouvés en état de dépendance et qui ont été utilisés comme restavèks ou domestiques. On estimait en 2013 qu'il subsistait encore environ 400 000 enfants restavèks en Haïti.

1

La découverte

Le bateau quitte lentement le quai de Jérémie. J'ai le cœur qui débat, gros dans ma poitrine. Les larmes roulent sur mes joues. La taille de ma mère s'amenuise de plus en plus, pour ne plus devenir qu'un petit point à l'horizon. Je reste là à l'arrière du bateau fixant ce point jusqu'à ce qu'il disparaisse tout à fait de mon champ de vision. Je suis en route pour une nouvelle aventure dont je rêve depuis des mois, mais je suis tout de même angoissé devant l'inconnu.

Après une nuit mouvementée en mer, je suis arrivé à Port-au-Prince en provenance de ma ville natale, une petite ville du sud. Le quai de débarquement, où je me trouve, si on peut l'appeler ainsi, est juste à côté du marché de charbon qui, sans le savoir, allait changer ma vie.

L'histoire qui suit est la mienne et pourrait être celle de milliers de jeunes envoyés par leurs familles pour vivre avec un parent, un oncle, une tante, une marraine dans la capitale ou pour être placés, comme dans mon cas, dans une famille, comme garçon à tout faire ou comme on nous appelle ici : un restavèk (reste avec).

Mon père avait fini par céder aux pressions de ma mère et tous deux, d'une certaine façon, voulaient mon bien en m'envoyant dans la capitale. Je pourrai ainsi aller à l'école, avoir une éducation, apprendre un métier, me trouver un bon travail dans l'espoir de pouvoir les aider un jour.

Dans l'esprit de bien des gens de ma ville natale, la capitale est pavée d'or. Tout le monde trouve de quoi se débrouiller et tout un chacun connaît quelqu'un qui y a fait fortune et qui est revenu faire état des possibilités qui existent dans la grande ville. Dès lors, tout le monde rêve de cette quête et les parents font souvent des sacrifices, économisant à même leur pitance de quoi payer le passage jusqu'à cet Eldorado. Ils gardent aussi l'espoir qu'une fois dans la grande ville, leur progéniture va leur envoyer un peu d'argent, si facilement gagné, afin de les aider.

Je me trouve donc là, perdu dans ce monde qui m'est totalement étranger et qui, à première vue, semble prêt à m'avaler tout rond. Sur le quai, j'observe le va-et-vient des gens qui s'affairent à décharger le bateau et des passagers qui partent vers des destinations inconnues de moi. J'attends quelqu'un qui doit venir me chercher, je ne l'ai jamais vue de ma vie, ni elle non plus. Une tante, m'a dit ma mère, je ne savais même pas que j'avais de la famille dans la capitale. Je ressens une légère panique intérieure. Pour tuer le temps, j'essaie d'imaginer ce qui se passe dans la tête de tous ces gens et quel genre de vie a tout ce beau monde.

J'examine ce qui se passe autour de moi, c'est un tohu-bohu étourdissant, le quai est bondé de marchandises. D'un côté, se trouvent celles qui viennent d'être déchargées du bateau et de l'autre, celles qu'on va embarquer. Entre les deux, la foule essaie de se frayer un chemin à double voie.

Le bateau a vomi son contenu de voyageurs et de marchandises. Le gros de la marchandise est chargé sur des brouettes que s'arrachent les porteurs, se battant presque pour les biens des clients. Le gros de la cohorte des marchands, qui viennent vendre à Port-au-Prince, est composé de femmes, à ce qu'il me semble, et l'une après l'autre, avec leur chargement tiré par les porteurs, quitte le quai.

Je regarde ce spectacle avec fascination et je suis des yeux chaque convoi qui disparaît de ma vue dans ce grouillement humain cachant, à mon ébahissement, la vie au-delà du quai. Des odeurs de toutes sortes viennent me chatouiller les narines, odeurs de détritus pourrissant sur le quai, de nourriture, de fruits et de légumes, odeur de sueur et de dur labeur des porteurs. Comment vais-je retrouver cette tante dans cette foule ? Perdu dans mes rêveries, je me fais petit en attendant. Il y a à peine douze heures, j'étais un gamin enfermé dans un cocon protecteur et me voilà maintenant dans cet inconnu qui me fait peur au plus profond de moi-même.

Je sens la panique me gagner quand une voix me tire de mes pensées. On appelle mon nom, il me semble, « Ti-Ibè, ti-Ibè ». Je relève la tête et ne vois que les dents blanches d'une dame venant vers moi. Elle est couverte des pieds à la tête de poussière de charbon. Je me lève et lui fais signe de la main pour dire que c'est moi, bien qu'il n'y ait pas d'autre personne de mon âge autour. Elle s'approche de moi et m'examine de la tête au pied, comme une marchandise qu'on a l'intention d'acheter :

— Tu es bien maigre, dit-elle, ta mère ne t'a pas nourri ? Je ne sais pas si tu vas pouvoir tenir ta place, continua-t-elle, si tu n'es pas capable de suffire à la tâche.

Je ne comprends pas ce qu'elle veut dire.

Je n'ai pas la chance de dire un mot qu'elle a déjà tourné les talons, me demandant de la suivre. Je me retourne pour jeter un dernier coup d'œil au bateau en pensant que je n'ai pas eu la chance de saluer ni de dire merci au capitaine, me demandant même si je le reverrais un jour, ne sachant pas où j'allais, ni même où j'étais.

Ma tante vend du charbon sur le quai, elle achète directement aux vendeurs qui arrivent sur des petites barques à voile chargées jusqu'à ras bord. Je me demande comment elles font pour rester à flot. Elle verse le charbon directement sur le quai et rend les sacs vides aux marins, puis elle revend ensuite le charbon en petites quantités faisant des tas de tailles différentes, selon un barème de prix dont elle seule semble comprendre le sens. Elle ne tarde pas à me mettre au travail, me faisant remplir les sacs des acheteurs et même les deux sacs d'une bourrique. Je n'ai encore rien ingurgité depuis la veille. La faim et la soif commencent à me tirailler le ventre, mais je ne dis rien, ne sachant pas comment aborder la question.

Mes vêtements ne tardent pas à se couvrir de poussière noire, comme ceux de ma tante. Ce n'est que vers la fin de l'après-midi, une fois le tas de charbon complètement épuisé, que ma tante me dit enfin :

— Tu dois avoir faim, ti-Ibè, as-tu mangé sur le bateau ?

Je lui fais signe que non et elle me dit qu'on va partir bientôt et qu'on mangera en chemin. Je me demande si je vais pouvoir tenir jusque-là, tant j'ai faim. Elle me fait balayer sa place de marché. Pourquoi nettoyer un tel endroit, me dis-je ? Il est impossible d'enlever la poussière de charbon qui s'est incrustée dans la terre et a noirci même le sol. Mais étrangement, cela avait l'air plus propre après avoir été balayé... malgré tout.

Sans demander mon avis, elle me tend une « troquette »[1] et charge sur ma tête un sac de charbon qui me fait plier les genoux. J'essaie tant bien que mal de trouver mon équilibre quand une claque dans le dos me force à me tenir bien droit.

— Ta mère m'a-t-elle envoyé un paresseux ? Redresse-toi et avance.

Je serre les dents, retenant mes larmes et je fais mes premiers pas dans cette marée humaine qui me bouscule, me fait reculer à chaque pas, rendant

---

1. Espèce de foulard enroulé servant de support à une charge portée sur la tête.

la charge plus lourde et la tâche plus ardue. Déjà, le travail à la forge me paraît bien léger à côté de ce poids sur ma tête. Je dois, en plus, porter mon baluchon d'une main, tout en m'assurant que personne ne fasse tomber le sac de charbon de ma tête, car je n'ai pas le goût de recevoir une autre claque dans le dos. Je parviens à hisser le baluchon sur le sac de charbon de sorte que mes deux mains m'aident à tenir le sac en équilibre. J'essaie de regarder partout, tant il y a de choses à voir, mais ma charge m'empêche de regarder aux alentours. Alors, je me contente de tourner les yeux de droite à gauche de temps en temps, tout en prenant soin de ne pas perdre ma tante de vue.

Ainsi débutent mon entrée dans Port-au-Prince et ma nouvelle vie.

2

Les présentations

Mais où sont mes bonnes manières ? Je me présente :
je m'appelle Hubert, ti-Ibè pour mes parents et mes
amis. Hubert Laforge ou de la Forge, je ne sais pas
exactement mon nom. Je n'ai pas de certificat de
naissance, je n'existe dans aucun registre d'état,
mon père n'a pas cru bon de déclarer ma naissance
à l'état civil, il était trop occupé quand je suis né et
après, il a oublié. Mon âge se situe entre dix et treize
ans, peut-être plus, peut-être moins. Il varie selon
la mémoire de ma mère, elle n'en est pas sûre, elle
ne sait même pas son âge à elle non plus. Une fois,
je le lui ai demandé et elle m'a juste répondu à quoi
cela servait de savoir son âge. On sait qu'on vient au
monde, qu'on vieillit et qu'on meurt. Pour elle, dans
cette vie longitudinale, ce qui importe est que l'on
soit en vie. J'ai mis du temps à comprendre cette
philosophie. Pour moi aussi, ni le temps ni l'âge
n'ont eu jusqu'ici de l'importance.

   Qu'est-ce qui m'amène ici ?

Pour autant que je me rappelle, nous avons toujours vécu dans une pièce attenante à la forge de mon père, laquelle appartenait à son père et avant à son grand-père. D'où le nom de Laforge ou de la Forge.

Je n'ai jamais fréquenté l'école, l'argent a toujours manqué à la famille, avec trois bouches à nourrir à la maison en plus du Simplet, un jeune garçon un peu plus vieux que moi qui nous a adoptés et qui vient travailler à la forge tous les jours. Il faut aussi compter les enfants « en dehors » comme on dit chez nous, les plus illégitimes des illégitimes de mon père. C'était donc impossible pour mes parents de m'envoyer à l'école et, en plus, une paire de bras est plus utile à la forge que sur les bancs des classes, aux dires de mon père.

J'ai donc grandi dans la forge, les premières années accroché à la jupe de ma mère qui a toujours tenu un petit étal de *manje kwit* [2] en avant de la porte. Dès que je fus en âge de comprendre, je fus mis à contribution tantôt aidant ma mère, tantôt aidant mon père et je suis vite devenu son « assistant », lui apportant des morceaux de métal, des fois aussi grands que moi, et pendant toutes ces années jusqu'à mon départ, j'opérais le soufflet en alternance avec Charles, le Simplet qui partageait notre existence. J'étais aussi le souffre-douleur des humeurs de mon père qui passait de temps à autre sa rage sur moi sans autre forme de procès. J'ai

---

2. Mets préparés d'avance, à consommer sur place ou à emporter.

hérité de ma part de taloches, juste parce que j'étais là et sans raison aucune. Souvent, je marchais les fesses serrées quand je passais près de lui juste pour ne pas subir ses foudres ou bien je faisais de grands détours pour éviter de passer trop près de son enclume où il trônait la plupart de la journée.

Charles, que tout le monde appelait Simplet, je ne sais pas d'où il vient, je l'aimais comme un frère et il était inoffensif comme tout et avait toujours un sourire béat. Lui, non plus, je ne connaissais pas son âge. Avec ses poils de menton naissants, on lui aurait donné facilement 17 ou 18 ans. Mais il avait l'âge mental d'un enfant de dix à douze ans tout au plus, d'où son nom de Simplet. Il ne parlait pas beaucoup et toujours avec difficulté et quand il parlait, la bave sortait de sa bouche et coulait sur ses vêtements.

Revenons à la famille et à son lien avec la forge. Mes arrière-grands-pères ont ferré la plupart des chevaux de la localité jusqu'à l'arrivée des voitures à moteur. Mon grand-père faisait de même et mon père maintenant s'affairait du mieux qu'il pouvait pour garder le métier vivant afin de le transmettre à l'un des enfants. J'étais le dernier en ligne et la forge, je ne l'ai pas dans le sang. Mon père a essayé autant comme autant et du mieux qu'il a pu de m'inculquer le goût et la passion du métier de forgeron, mais j'étais bien trop rêveur à son goût et j'ai essuyé de nombreuses claques derrière la tête quand ce ne fut pas des fessées pour avoir manqué à mon devoir de garder les tisons rouges. Je dois avouer que je me suis endormi souvent sous la roue du soufflet et que je voyageais dans mes rêves, loin de la forge, de sa poussière, de sa chaleur et du bruit incessant du marteau sur l'enclume.

C'est vrai, je l'admets, j'étais un rêveur. Bien que ne sachant ni lire ni écrire, je rêvais de quitter cette ville de campagne pour la grande ville, les grands espaces, les belles maisons, les beaux vêtements et j'en passe. Madame Inès, la couturière de notre quartier, parlait tout le temps de son fils parti à la capitale, qui avait trouvé un bon emploi et gagnait si bien sa vie qu'il envoyait quelque chose à sa vieille mère presque tous les mois.

Ce serait bien que, moi aussi, je puisse partir et faire de même afin d'aider ma pauvre mère à quitter son étal graisseux. J'aurais bien aimé la voir s'habiller belle, comme les autres belles dames de la haute, pour aller à l'église et dire fièrement à qui veut l'entendre :

— Bien oui, c'est ti-Ibè qui m'a envoyé cette belle robe, ce beau chapeau.

Dieu que je l'aurais gâtée ! Elle aurait pu aussi avoir une belle maison avec un petit jardin bordé de candélabres et de quelques fleurs au lieu de cette chambre en arrière de la forge qui nous servait de maison et où, à chaque pluie, il mouillait en dedans autant que dehors ou presque.

La forge, je ne l'ai pas dans les veines ni dans le cœur comme mon père, son père avant lui et le père de son père. Il ne m'a jamais fait aimer le métier, le forçant plutôt en moi, pensant le faire à coups de taloches et de fouet. Le voir trimer dur, du matin au soir, et ne jamais s'en sortir, l'entendre chialer tous les jours contre sa vie de misère ne m'a jamais plu comme vie non plus. Puis, comment vivre tout ce temps au milieu de tout ce bruit et la chaleur des tisons qui vous cuisent la peau jusqu'à l'âme, et ce, du matin au soir, six à sept jours par semaine selon les besoins des clients ?

La forge était située au bout d'une ruelle presque à la limite de la ville. C'était un petit bâtiment en tôle ondulée galvanisée, qui a vu de beaux jours, posé sur une armature de bois sans revêtement intérieur. Il y avait une grande porte en avant donnant sur la ruelle, une fenêtre et une autre petite porte sur le côté. Le sol était fait de terre battue. Le reste de la maison, ou plutôt la chambre qui faisait office de tout, se trouvait en prolongement de la forge vers l'arrière. La chambre comportait un lit pour les parents, une petite table de cuisine avec quatre chaises en paille, une grande jarre d'eau et une table de chevet où trônait une cuvette pour les ablutions matinales du père. C'est là aussi que je dormais, sur une natte à même le sol.

La forge était mitoyenne pour ainsi dire, et reposait sur la maison voisine, car elle penchait un peu sur celle-ci et je me demandais si elle tiendrait debout toute seule si la maison d'à côté s'effondrait. L'intérieur de la forge était aussi rudimentaire que le reste ; un peu en coin vers l'arrière se trouvaient la roue et le soufflet, au bout duquel se terminait le foyer au bois ou au charbon où reposaient les morceaux de métal à chauffer dans l'attente d'être façonnés par les instruments de mon père. Juste à côté de l'établi, un peu vers l'avant près de la grande porte, une immense enclume montée sur un billot de bois dur occupait une place prépondérante. Elle trônait au même endroit depuis trois générations. Elle semblait tellement lourde, que je me demandais combien d'hommes cela prendrait pour la changer de place.

Des marteaux de différentes grosseurs, toujours bien alignés sur l'établi, démontraient un rituel bien précis. C'était comme une chorégraphie si bien répétée que chaque geste, chaque pas étaient ainsi calculés, que tout devenait naturel aux yeux du spectateur. Mon père n'avait qu'à allonger le bras pour attraper celui qu'il cherchait. Il n'avait même pas besoin de regarder, il savait où se trouvait l'objet nécessaire pour accomplir telle ou telle tâche. Un geste répété mille fois avant lui par son père et ses aïeux. Ses bras d'airain étaient plus gros que ma tête. Car, voyez-vous, la forge coulait dans les veines des hommes de la famille, sauf dans le mien. On était forgeron depuis aussi longtemps que la mémoire collective s'en souvenait dans la région, elle était une extension de leurs êtres. Mon père prenait un soin méticuleux et presque maniaque, voisin de l'obsession, à arranger ses outils ainsi et gare à Charles le Simplet ou à moi si nous les déplacions ou les rangions au mauvais endroit.

« Chaque chose à sa place et une place pour chaque chose, disait mon père tout le temps, le mouvement est précieux et pas de temps à perdre. » Chaque espace, chaque poutre de bois étaient occupés par des morceaux de métal de différentes grandeurs et épaisseurs que mon père, son père avant lui et peut-être mon arrière-grand-père ont utilisés pour façonner et continuer, à travers lui, de façonner en fer à cheval, gonds de portes, machettes, haches, houes et autres objets utilitaires trop nombreux pour être énumérés. Les morceaux de métal étaient retenus ensemble par des filins métalliques selon leur grosseur, épaisseur et autres raisons inconnues de moi. Normalement, mon père se contentait de me dire « mets ceci ensemble avec cela » et j'exécutais. Il semblait savoir exactement quoi faire avec chaque petit morceau et chaque pièce accrochée. Il savait aussi où chacun se trouvait dans ce fouillis, pouvant, en un tour de main, attraper la pièce de métal parfaite pour façonner un objet. Je trouvais cela fascinant, mais je m'étais toujours gardé de le lui dire. Nous ne nous parlions pas souvent.

Un coin de l'atelier était réservé presque exclusivement aux fers à cheval. Bien que les chevaux auxquels ils étaient destinés avaient disparu depuis longtemps, c'était comme un musée du passé et mon père refusait de les fondre ou de les réutiliser. Les chevaux, bien qu'encore utiles pour les déplacements à la campagne, n'étaient plus aussi nombreux. Ces fers à cheval étaient les témoins d'un passé révolu et aussi d'un art transmis depuis trois générations au moins et qui disparaîtra sans doute avec mon père. Même s'il ne le disait pas encore, je crois qu'il s'en doutait, vu mon peu d'intérêt. Il pouvait juste regarder un de ces fers à cheval et savait qui de son grand-père ou de son père l'avait façonné. Il se souvenait même à quel cheval et à quel cavalier ils appartenaient. Je n'en revenais pas et je restais ébahi par ses connaissances et sa formidable mémoire de ce lieu.

Pendant mes heures de rêveries à tourner la roue du souffleur, j'avais pu admirer sa dextérité et son art pour transformer un morceau de métal inerte en quelque chose de tout à fait fascinant. Il le chauffait à blanc et, sortant le fer rougissant, il amenait le métal à l'enclume, le frappait, l'allongeait, le chauffait de nouveau, le trempait dans l'eau, le frappait, le réchauffait, jusqu'à ce qu'il arrive à façonner l'outil ou la pièce commandée. Ses bras puissants, ses avant-bras étaient durs comme l'acier qu'il travaillait, ses biceps ciselés comme travaillés au couteau par un sculpteur habile. Je pouvais examiner chaque veine, chaque tendon tellement ils étaient bien définis. Le bruit du marteau sur le fer et l'enclume résonnait en moi à un point tel qu'il m'était parfois difficile d'apprécier le silence de la nuit. Il me semblait que le bruit du marteau sur l'enclume faisait partie de moi au plus profond de mon être et ne me quittait jamais.

Mon père portait un grand tablier de cuir patiné par le temps et la chaleur. Je me demandais même comment il pouvait supporter de le porter à longueur de journée. J'ai essayé de le mettre à quelques reprises et chaque fois il semblait peser une tonne. Tout autour du tablier, il y avait plusieurs ganses où dandinaient des pinces de toutes sortes, surtout celles qu'il utilisait fréquemment pour tenir un morceau de métal quelconque ou couper rapidement un bout de lave en fusion.

Je ne lui ai jamais dit mon admiration pour lui et pour son art, il n'aurait pas compris de toute façon. Tout comme pour ses ancêtres avant lui, c'était un travail comme un autre, une façon de gagner sa vie et de nourrir sa famille. Quand je regardais ses mains de géant et les muscles de ses bras durs comme l'acier qu'il façonnait, je pensais à chaque mouvement, à chaque muscle qui semblait savoir à quelle fréquence et à quelle vigueur frapper sur le métal et l'angle à appliquer. Sauf que je ne me voyais pas passer mes jours ici dans la chaleur suffocante du matin au soir, six à sept jours par semaine.

Le dimanche a toujours été sacré pour mon père après la messe qu'il ne manquait jamais et à laquelle il assistait religieusement et pieusement à 8 h, depuis que j'avais connaissance. Normalement, il ne travaillait pas ce jour-là, à moins qu'un ami soit mal pris et lui demandât de réparer quelque chose à froid, car les dimanches, la forge ne fonctionnait pas, bien que le foyer soit gardé en veille sous la cendre. Sinon, après la messe, il venait déjeuner rapidement à la maison, café noir et très fort, un morceau de pain, frais du jour que je courais toujours chercher à la boulangerie avant son retour de l'église. Quelquefois, il se permettait une figue banane ou une orange très rarement.

Après le petit déjeuner, il prenait la direction du carré Saint-Louis, en face de l'église, sorte de place publique, aire de jeux pour les enfants, endroit de parades pour les femmes endimanchées et tribune municipale où les hommes se rencontraient pour parler de choses et d'autres, notamment de politique, pour critiquer le maire, le chef de police, à voix basse surtout. Ils parlaient des femmes qui ne respectaient plus les hommes, des enfants de plus en plus rebelles.

«Dans quel monde vivons-nous?» les entendais-je dire.

— Dans notre temps, on ne voyait pas cela, on respectait et écoutait nos pères qui nous dictaient notre conduite. Nos mères respectaient, vénéraient leurs maris, les femmes étaient dociles et vaillantes.

— Regardez-moi ces filles qui se pavanent, pensez-vous qu'il va sortir du bon de cette jeunesse?

Tout y passait, chacun reprenait, à sa façon, le thème de la nostalgie du temps passé. Même les fleurs étaient plus belles, les femmes avaient de plus belles fesses, de plus beaux seins et j'en passe. De temps à autre, ils se passaient une rasade de rhum ou d'un mélange quelconque de feuilles, d'écorces et d'épices trempé dans du clairin, sorte d'alcool de canne brut. Ces boissons, disaient-ils, donnaient la vigueur et guérissaient de tous les maux. Les enfants, nous nous tenions à une bonne distance, nous contentant d'observer le rituel de loin. On n'était jamais sûr quand l'un d'eux prendrait goût de passer une petite rage sur nous et de nous lancer une taloche, des fois, juste pour rire.

Le carré de l'église, original comme nom, s'appelait en réalité, carré Saint-Louis ou Place Dumas en l'honneur d'Alexandre Dumas père qui serait né dans cette ville. Mais tout le monde l'appelait ainsi faute de mieux. Le carré de l'église était juste en face du parvis de la cathédrale Saint-Louis. C'était l'endroit pour observer ce qui se passait dans la petite ville. Le dimanche, tout le monde finissait par passer par là, soit à cause des messes successives, de la boulangerie située d'un côté ou du magasin général de l'autre. C'était le lieu de rencontre par excellence des jeunes pour se faire voir et … voir passer les filles. Les marchands de pâtés, de bonbons, de gâteaux, de *komparèts* [3] étaient alignés sur un côté. De l'autre, le marchand de *fresco* [4] côtoyait le marchand de crème glacée assis sur son siège et qui faisait tinter de temps en temps ses clochettes pour attirer l'attention.

C'était presque une atmosphère de fête foraine, un carnaval hebdomadaire ! Et c'était ainsi chaque dimanche, rituel immuable qui semblait être inscrit dans le temps. Plus tard dans l'après-midi quand il faisait trop chaud, j'allais à la mer avec mes amis et le jour s'éternisait, interminable jusqu'au soir. J'aimais et en même temps détestais les dimanches. D'un côté, c'était ma seule journée de liberté et de l'autre je n'avais pas hâte au lendemain et au travail à la forge.

Le dimanche je pouvais flâner à ma guise. Je n'avais pas besoin de me lever en même temps que mon père, vu que j'allais à la messe de onze heures avec ma mère. C'était aussi le jour où je mettais mes vêtements propres, comme dit ma mère, propres

---

3.   Une *komparèt* est une sorte de gâteau très compact à la mélasse typique de la ville de Jérémie.

4.   Glace à l'eau, vendue en plusieurs saveurs.

parce qu'elle les avait lavés, non pas parce qu'ils étaient neufs. Comme vous pouvez imaginer, je n'avais pas une grande garde-robe.

Ma mère aussi s'habillait toute belle le dimanche et elle avait un beau foulard qu'elle ne portait que pour aller à la messe. Elle le rangeait, soigneusement plié, après chaque messe dans une boîte en carton qu'elle gardait précieusement attachée d'un bout de corde. Elle plaçait ensuite la boîte sur une étagère où elle allait rester jusqu'au dimanche suivant à moins d'un évènement extraordinaire qui n'arrivait jamais ou d'un deuil.

À la forge, le matin, quand le Simplet finissait par arriver, c'est avec joie que je lui laissais ma place à la roue du soufflet. Il s'y installait sans dire un mot, comme à l'habitude, et le feu recommençait à ronronner rouge comme l'enfer, aux dires de mon père. Comment pouvait-il savoir ce qu'était l'enfer n'y ayant jamais mis les pieds? On dit cependant des forgerons, comme des bouchers, qu'ils avaient fait des pactes avec le diable. Car seuls le diable ou les possédés d'Ogou Feray[5] pouvaient courtiser le feu, transformer le fer et le manier comme eux. Vrai ou faux, mon père entretenait cependant ce mythe lui aussi.

C'est vrai qu'à le voir parfois manier le fer et jouer avec le feu, on le croyait guidé par quelconques divinités ou habité par des *Loas*[6] tellement il semblait en transe, l'esprit ailleurs, comme transporté.

---

5. Dieu du feu dans la religion vaudoue.
6. Divinités vaudoues.

Son bras frappait le métal comme si quelqu'un d'autre le faisait à sa place. Il fredonnait parfois des airs incompréhensibles en frappant sur l'enclume, façonnant le métal, le chauffant, le trempant dans l'eau, le transformant en autant de formes et d'objets magiques, alors qu'il n'avait jamais suivi de cours. Quand je le questionnais, il me disait que le métal lui parlait et lui disait quoi faire et ce qu'il voulait être. Lui exécutait tout simplement. À le voir aller ainsi, je croyais qu'il avait un don pour lire le métal ou bien qu'il était vraiment guidé par les *Loas* du vaudou et que Ogou Feray guidait son bras. Je ne sais si c'était la répétition des gestes, mais il devenait comme transfiguré. Le bruit sourd résonnait à mes oreilles, mais mon père, lui, ne semblait pas l'entendre ni être gêné par la chaleur intense régnant dans la forge. La lueur du feu donnait à sa peau noire une teinte cuivrée, ses cheveux recouverts de poussière de métal prenaient aussi une teinte semblable à la rouille.

À entendre parler les adultes, tout semblait être relié aux *Loas* qui régissaient notre univers et notre existence. Ils étaient dans le vent, dans la pluie, dans la flamme qui dansait, dans la femme qui accouchait, dans l'enfant malade. L'ouragan se levait sur la mer, c'était parce qu'Agwé était fâché. Il faisait beau et Erzulie était en amour. Quelqu'un était malade et allait mourir, Gédé était là, prêt à ouvrir la barrière pour l'accompagner chez Baron Samedi, gardien du cimetière et j'en passe.

Très souvent, dans ces moments d'évasion, mon père me tirait de ma rêverie, me traitant de bon à rien, de rêveur et de fainéant. Il voulait que je lui passe une des pinces accrochées au mur et que je vienne tenir une tige de métal qu'il devait travailler. « Tu n'apprendras jamais rien si tu passes ton temps à rêvasser ainsi. À ton âge, je savais déjà comment faire ». La même rengaine que je n'écoutais plus et je ne pouvais que me plaindre sous mes dents, lèvres fermées, sans paroles. Sinon, une taloche m'envoyait promener à l'autre bout de la forge ! Mon père avait la main leste et ne se rendait pas compte de sa force. Je me tenais donc coi pour ne pas attirer ses foudres trop souvent.

J'exécutais sans broncher, lui tendant l'outil demandé qu'il m'arrachait presque des mains et il m'indiquait sèchement comment tenir le morceau de fer. Je m'exécutais sans empressement et sans âme. Mon esprit était ailleurs, je me voyais rempli de succès travaillant dans la capitale avec mes beaux vêtements. Je m'achèterais une voiture, une maison même et ma mère pourrait venir vivre avec moi, loin de tout ce bruit et de cette saleté.

3

Choukèt-la-rouzé

Le *Choukèt-la-rouzé* (secoueur de la rosée) était le chef de section rurale. Il représentait les autorités régionales dans un environnement donné. Celui qui fréquentait la forge de mon père venait fréquemment en ville s'occuper de toutes sortes d'affaires et profitait de ses passages pour semer la terreur sur son parcours. Il n'avait pas d'autorité dans la ville proprement dite, mais il s'en arrogeait tout de même et le pistolet qu'il portait à sa ceinture en plus d'une longue machette pendant à son côté semblaient lui donner tous les droits.

Lors de certaines de ses visites, il profitait de mon père pour faire vérifier les fers de son cheval, réparer son mors ou ses étriers. Une autre fois, il avait commandé des éperons. Il les voulait de telle ou telle façon et jamais il ne lui donnait un sou, trouvant toujours un stratagème pour remettre le paiement à la prochaine fois.

Mon père ne disait rien et exécutait ses commandes. De mon point de vue, je le détestais pour l'humiliation qu'il lui faisait subir et que mon père acceptait sans broncher. Je sentais cependant que, dans son for intérieur, il bouillait de rage. Le *Choukèt-la-rouzé* mangeait aussi le *manje kwit* de ma mère et ne la payait jamais non plus. Et pis encore, il flirtait tout le temps et ouvertement avec ma mère et mon père faisait semblant de l'ignorer.

Je jurais intérieurement de le faire disparaître un jour. J'ignorais encore comment, mais je savais que je trouverais un moyen. D'autant plus que je l'avais surpris une fois par hasard dans la chambre de ma mère, il était debout en arrière d'elle, le corps collé contre ses fesses et la main dans sa jupe, dont un pan était soulevé. Ne sachant pas que j'étais là, il sentait ses doigts en disant qu'il aimerait bien goûter de ce fruit-là. Je ne savais pas de quoi il parlait, mais cela me semblait louche. Je fis du bruit pour signaler ma présence et les deux me firent face. Ma mère semblait toute bouleversée de ma présence et j'ai dit au chef de section que mon père voulait lui parler, comme si je n'avais rien vu et que je venais d'arriver. Il passa près de moi, me bousculant au passage, et me lança une taloche, furieux d'avoir été interrompu dans ses ébats. Ma mère m'a demandé depuis combien de temps j'étais là. Je lui mentis sans convictions et elle m'intima de ne pas aller raconter quoi que ce soit à mon père. Je lui répétai que je n'avais rien vu et retournai dans la forge.

Depuis cet instant, je voulais tuer ce bâtard. Je bouillais en dedans de moi, tant pour ma mère humiliée que pour mon père qui se laissait voler par lui et qui l'ignorait, ne lui demandant jamais de payer. Le *Choukèt-la-rouzé* utilisait le même subterfuge chez tous les commerçants, tant et si bien qu'il leur devait de l'argent à tous et ne payait jamais. Je jurais intérieurement d'avoir sa peau. Je voulais débarrasser mon père et ma mère de ce vampire suceur. Je sentais une telle rage monter en moi que j'ai embouti mon poing sur le mur de tôle le plus proche. Je suis rentré dans la forge en frottant mon poignet.

— Qu'est-ce qui te prend, *ti-gason*, me dit mon père, *wap vire fou*[7] ?

Je baissai la tête sans rien dire, rongeant mon frein, pour ne pas lancer un morceau de métal à la tête du *Choukèt-la-rouzé* qui utilisait le peu de pouvoir qui lui était donné pour opprimer les autres. C'est là que je me suis rendu compte des conséquences de donner un peu de pouvoir à quelqu'un, il l'utilisait à mal escient et se prenait pour l'émule du président dans la région.

Je repris ma place au soufflet et me perdis dans mes pensées vengeresses, fulminant contre lui en me disant que je l'aurais avant de quitter cet endroit. Je ne comprenais pas d'où me venait cette rage, je ne me battais jamais, même pas avec mes amis. On disait du *Choukèt-la-rouzé* qu'il avait pris part à pas mal d'exactions dans la région et on ne comptait pas le nombre de meurtres à son actif. Qui pour éloigner un mari gênant, qui pour éviter de payer des dettes, tout était bon pour lui. Il ne se faisait même pas prier pour s'en vanter parfois.

---

7. Es-tu en train de devenir fou ?

4

La décision

La vie de la forge reprit le dessus, les jours se succédant semblables aux précédents sans que rien ne vienne aliéner ni altérer le quotidien. Partir le feu, tourner la roue du soufflet, faire des commissions, bruit, poussière, remontrances de mon père, mutisme de ma mère, désir de partir, de m'enfuir d'ici.

Prenant mon courage à deux mains, je parlai à ma mère de mon désir de partir en lui faisant promettre de ne rien dire à mon père. Elle m'écouta silencieusement, hochant la tête de temps en temps et puis soudain, elle se mit à pleurer, doucement d'abord, puis en grands sanglots. Elle m'attira contre elle et me serra contre son cœur en se balançant en avant et en arrière.

— Tu sais, me dit-elle enfin, je t'envie de pouvoir partir et suivre tes rêves, j'aimerais bien te suivre. Je vais mettre des sous de côté pour payer ton voyage et j'avertirai une cousine, que j'ai dans la capitale, qui pourra prendre soin de toi. Ne te préoccupe de rien, quand le temps viendra, je serai prête.

— Merci maman, dis-je enfin, puis je suis resté là, sans rien dire.

Le temps ressemblait à une éternité et cette étreinte me suivrait toute ma vie. À chaque fois qu'une femme me prendra dans ses bras, c'est cette étreinte, cette sensation que je chercherai en vain.

— Pourquoi le *Choukèt-la-rouzé* est-il si méchant avec tout le monde ? demandai-je à ma mère.

— Pourquoi demandes-tu cela, répliqua-t-elle ?

Sans attendre ma réponse, elle dit :

— C'est un homme aigri et malheureux, il ne connaît rien d'autre que la violence et utilise le petit peu de pouvoir qu'on lui donne et le fait qu'il porte une arme pour terroriser les autres. Il cumule des maîtresses comme s'il était le maître de la terre. Il s'accapare des femmes qui lui plaisent, sachant que les maris ne peuvent parler au risque de les faire disparaître. Pourquoi te dis-je tout ça ? Tu es trop jeune pour comprendre et apprécier les bassesses de l'esprit humain. Il vole tout le monde, ne paie pas ses dettes. Il fait fi des protestations de tous, il menace, agit comme si tout lui revient de droit. Il doit pas mal d'argent à ton père et à moi aussi d'ailleurs. On ne peut se plaindre à personne. J'en ai parlé au juge qui une fois était venu faire réparer quelque chose par ton père et il s'est contenté de lever les épaules et les yeux au ciel. Il s'est ensuite essuyé les deux paumes de la main, l'une sur l'autre à deux ou trois reprises, m'indiquant ainsi son impuissance. Que peut-on faire quand le magistrat de la justice lui-même se trouve impuissant ?

J'absorbais tout cela sans rien dire et mon plan se forma dans ma tête. Dans les semaines qui suivirent, j'ai commencé à m'enquérir des allées et venues du *Choukèt-la-rouzé* à chaque occasion que j'avais de me libérer des travaux de la forge. Il était devenu mon obsession. Je m'endormais et me réveillais avec l'idée de trouver un moyen de le coincer quelque part. Je rêvais de lui, debout dans la forge. Comme il changeait de couche assez souvent, quand il était ici, il m'était difficile d'établir sa routine, car il n'allait jamais visiter la même femme, le même jour de chaque semaine. Peut-être avait-t-il peur ou se doutait-il qu'un jour, un mari jaloux finirait par lui faire la peau ? « Non, se disait-il, ils sont trop peureux et je suis trop puissant pour qu'ils osent », et il continuait ses tournées en toute impunité.

Pour pouvoir mieux le surveiller, j'ai inventé un jeu avec quelques camarades en leur disant que, pour s'amuser, on devait compter les maîtresses du *Choukèt-la-rouzé* et qu'à chaque fois qu'ils apercevaient son cheval quelque part, ils devaient remarquer le jour, l'heure et chez qui il se trouvait, puis m'en parler. Je ne fis part à aucun d'eux ni à personne d'ailleurs de mes intentions et tous trouvèrent le jeu très amusant. Comme nous n'avions guère de distractions dans notre petit coin de pays, ce jeu est vite devenu une bonne façon pour eux de passer le temps. C'est ainsi que j'ai pu établir, au bout de quelques semaines, un modèle des habitudes du *Choukèt-la-rouzé* et mis au point mon plan pour débarrasser la région de cette plaie.

Les semaines passèrent ainsi, rendant la vie plus supportable à la forge. Aucune remontrance de mon père ne pouvait m'atteindre tellement j'étais concentré sur mon plan de partir et d'éliminer le *Choukèt-la-rouzé*. Tout mon univers était consumé par ces projets. Je me demandais comment mon père allait s'en sortir sans moi et comment il allait faire pour accomplir tout le travail tout seul, juste avec le Simplet. Pas que j'avais un grand rôle dans la forge, mais je rangeais, j'allais faire les commissions et je prenais le soufflet quand le Simplet n'y était pas ou quand il fallait maintenir le feu à un rythme accéléré. Je me disais, pour me rassurer, qu'au fond il n'avait pas vraiment besoin de moi et que je l'embêtais plus que je l'aidais. Il serait beaucoup plus simple pour lui d'aller chercher le morceau ou l'outil dont il avait besoin, plutôt que de crier après moi et de s'égosiller à m'expliquer et à se fâcher en pensant qu'après tout ce temps, je ne faisais toujours pas la différence entre tel ou tel morceau ou entre tel ou tel outil.

J'ai vite compris aussi par son attitude en général que ma mère ne lui avait pas encore parlé de mes plans, ce qui était une bonne chose en soi, car la vie dans la forge deviendrait insupportable et je savais que mon père ne comprendrait ni n'accepterait aussi facilement ma décision que ma mère ne l'avait fait.

L'été était arrivé, je le savais, car les enfants du quartier venaient de finir l'école. C'était pour eux le début des grandes vacances. Pour moi, cela ne changeait rien et n'avait aucune signification. Les jours, les mois s'écoulaient toujours tous de la même façon. Sauf que je trouvais cela plus difficile de ne pouvoir jouer avec eux. Je les entendais rire alors que moi, j'étais attaché à la forge.

Le grand jour arriva enfin. Ma mère m'annonça triomphalement qu'elle avait finalement pu réussir à réunir la somme nécessaire pour mon passage et dès qu'elle aurait l'occasion d'avertir ma tante, qui est en fait sa cousine, de mon arrivée prochaine, je pourrais partir.

— Et papa, lui demandai-je, lui as-tu dit?

— Ne t'en fais pas, je m'en occupe. Ça ne sert à rien de lui en parler trop tôt. Je lui dirai juste avant ton départ pour ne pas soulever ni prolonger sa colère à ton égard.

— Merci maman, lui dis-je tendrement.

Je lui serai toujours reconnaissant de sa façon d'atténuer les foudres de mon père en ménageant ses susceptibilités et de ne lui dire que l'essentiel.

— Souviens-toi toujours de cela et de la vie des gens simples et honnêtes quoi qu'il arrive! Je t'ai averti des dangers qui te guettent dans la grande ville. Reste toujours sur tes gardes et méfie-toi des gens qui disent vouloir ton bien. Tu vas rencontrer de bonnes personnes, j'en suis sûre aussi, et dis-toi qu'il y a aussi des malins.

— Merci maman, *mèsi anpil*[8], je n'arrêtais de lui dire, le cœur gros.

_____

8. Merci beaucoup.

— Je vais demander à ta tante de venir te chercher au quai à l'arrivée du bateau. Sous aucun prétexte, ne t'éloigne pas si tu ne la vois pas en arrivant. Reste sur place pour qu'elle te repère, étant donné qu'elle ne t'a jamais encore vu.

— Oui, maman, je te le promets ! lui dis-je enfin.

Je suis retourné à mon poste dans la forge les yeux rougis et j'ai travaillé avec une telle ardeur que mon père en fut tout surpris et bien qu'il n'ait rien dit, je crus le voir sourire et même rire à maintes occasions durant la journée. J'observais chaque petit morceau de cet univers cocon que j'allais bientôt quitter. Je posais mes yeux sur chaque morceau de métal, chaque objet accroché, comme pour les imprégner dans ma mémoire. Au bout d'un temps, je pouvais fermer mes yeux et voir la place de chaque objet. Je me rendais compte de l'importance qu'ils avaient prise dans ma vie jusqu'ici. Je ne savais pas encore comment tout cela allait me manquer dans un futur pas si lointain.

Il fallait la perspective de ce départ pour me rendre compte combien j'étais au fond attaché à toute cette quincaillerie, comme si elle faisait partie de moi. Toute mon enfance jusqu'ici était intimement liée à cet endroit que je voulais tant quitter et maintenant que le jour approchait, je me rendais compte de la sécurité que m'apportait cet environnement. J'étais sur le point de perdre la protection des seuls gens qui m'aimaient inconditionnellement et qui feraient tout pour me mettre à l'abri des dangers et écarter les malheurs de mon chemin.

C'est incroyable comment nous, enfants, oublions ces choses-là jusqu'au moment où la vie nous force à les regarder en face. Je n'étais pas plus capable de dire tout cela à mon père aujourd'hui ni, si j'en étais jamais capable, à ma mère non plus. Les mères ont par contre cette capacité de comprendre les mots que nous n'arrivons pas à prononcer. Je ne sais pas comment elles font. Cela doit faire partie de la façon dont elles sont créées, ou est-ce parce qu'on est sorti de leur ventre et que cette connexion existe et reste. Ma mère a toujours senti mes états d'âme sans que j'aie à lui dire quoi que ce soit.

— Ça va, ti-Ibè? Tu ne sembles pas dans ton assiette aujourd'hui. Qu'est-ce qui t'inquiète comme ça? me disait-elle à l'occasion et chaque fois, elle visait dans le mille.

Comme si c'était écrit sur mon visage et qu'elle arrivait toujours à lire dans ma tête. Je trouvais puissante cette facilité de divination qui allait me manquer au plus haut point.

— Je vais bien m'man, lui répondis-je, juste un peu fatigué et inquiet du départ prochain.

Je savais bien qu'elle me croyait à peine, mais je n'en dis pas plus. Elle continuait de vaquer à ses occupations habituelles.

★

J'imaginais ma mère parlant à mon père. Ils seraient dans leur lit pensant que je sommeillais ou bien ma mère attendrait que je sois parti faire des commissions pour lui révéler :

— Ti-Ibè a besoin de vivre autre chose, d'apprendre à lire et d'aller à l'école comme les jeunes de son âge.

— L'école, dira mon père, qui en a besoin ? Est-ce que je suis allé à l'école, moi ? Est-ce que j'ai pu gagner honnêtement ma vie et vous faire vivre ? D'accord, nous ne sommes pas très riches, mais nous ne sommes pas pauvres non plus.

— Les temps changent, tu sais, la forge n'est plus ce qu'elle était. Tu n'as plus autant de clients. Les machettes viennent de l'étranger et surtout de Chine et coûtent beaucoup moins cher que ce que tu peux produire. Les pratiques qui te restent payent à peine. Il faut te résoudre à lui laisser le choix de faire autre chose.

— Mes machettes sont bien meilleures que ces saloperies qu'ils vendent et durent bien plus longtemps que tout ce qu'il y a sur le marché, tu sauras.

J'imaginais mon père songeur, sans arguments, perdu dans ses pensées, ruminant la situation.

— Aura-t-il ce qu'il faut pour vivre, demandera-t-il résigné ?

Ma mère saurait alors que la partie est gagnée et lui racontera l'histoire de ma tante prête à m'accueillir, à me trouver une famille décente pour s'occuper de moi et à m'envoyer à l'école le temps que je serai là-bas.

Mon père n'avait qu'une idée vague de la capitale, basée sur ce qu'il avait entendu des autres qui, souvent comme lui, n'y avaient jamais mis les pieds. Pour lui, c'était l'endroit de tous les vices, de toutes les perditions. Tous ceux qui y étaient allés n'étaient devenus que des vagabonds qui revenaient plus pauvres que quand ils étaient partis, quand ils ne perdaient pas la tête tout à fait. Combien de fois ai-je entendu ces discours lors des discussions avec ses amis le dimanche au carré Saint-Louis.

— Tous les problèmes du pays viennent de là. Tous ces bons à rien au gouvernement qui sucent la moelle du peuple et tous ces gens qui traînent les rues à la recherche d'une pitance pour vivre. Ils délaissent la terre qui ne demande qu'à les faire vivre pour des illusions. Cela ne peut mener à rien de bon. Mais, comme ta décision est prise, je suis obligé de suivre. Tu le connais mieux que moi. Comment va-t-il faire pour s'y rendre ? se résigna-t-il à demander.

— Ne t'en fais pas, je m'en suis occupée.

Trop content de n'avoir pas à se soucier de tous ces aspects, il s'endormira sans problèmes.

Un « han » de mon père, martelant un morceau d'acier rougi à blanc me tira de ma rêverie et je me surpris de nouveau à admirer sa force, la puissance de son avant-bras, son biceps ciselé comme un morceau d'airain. Chaque fibre de ses muscles, travaillée, retravaillée par ces mouvements, mille fois répétés et inscrits dans ses gènes, comme si une cassette enregistreuse se déroulait dans sa tête. Il pouvait répéter les mêmes gestes sans arrêt tout en conversant ou en ayant la tête ailleurs, perdu dans ses pensées.

Je crois qu'à ce moment je me sentais fier de lui, fier de ce qu'il était, de ce qu'il pouvait accomplir et toute la vie qu'il arrivait à donner à ces morceaux de métal qui me semblaient si inutiles.

Est-ce de savoir mon départ imminent ? J'éprouvai soudain une immense tristesse en pensant à lui seul avec le Simplet et mes yeux s'embuèrent. Mon cœur me faisait si mal dans ma poitrine que je croyais qu'il allait exploser ou cesser de battre. Je me suis mis à respirer si fort pour reprendre mon souffle que mon père arrêta son bras à mi-hauteur pour me regarder et me demander du regard ce qui n'allait pas ?

— Je ne me sens pas bien.

Il fit une moue et continua à frapper sur l'enclume comme si cela n'avait aucune importance. Il n'a jamais compris les émotions et il ne saura jamais ce que je ressentais à ce moment. Je n'ai pas pu lui dire et je ne pourrai pas plus quand je ne serai plus ici.

La journée s'est terminée sans incident majeur, sinon que j'ai échappé une pile d'objets hétéroclites que je devais ranger et j'ai dû me reprendre. Le Simplet s'est endormi comme d'habitude sur le soufflet tout en continuant de tourner la roue. Ça, je n'avais jamais compris comment il pouvait faire, continuer un mouvement tout en dormant. Lui, le Simplet, y arrivait, peut-être ne dormait-il pas vraiment ?

Dès la fin de mon travail à la forge, je filai chez mon ami Pierre tant j'avais hâte de connaître les détails de ses observations.

— Pourquoi t'intéresses-tu tant que cela à ce gars-là. Tu sais qu'il est très dangereux à ce qu'on dit ?

Je lui fis croire qu'il devait de l'argent à mon père et que je voulais savoir où il se trouvait pour aller le lui réclamer. Cela sembla le satisfaire et nous sommes partis ensemble vers la demeure en question, une maison toute simple située dans un quartier populaire où la majeure partie des petits commerçants de la ville habitaient. Ils formaient un genre de petite bourgeoisie, au bas de l'échelle de la petite bourgeoisie, s'il existait une telle classification. Tout cela pour dire qu'ils vivaient une coche au-dessus des pauvres sans abris ou qui n'ont qu'une tonnelle pour s'abriter.

C'est incroyable qu'il puisse exister une gradation dans la pauvreté. Comme quoi, il y a toujours un plus pauvre que soi et qu'on a besoin de cette mesure pour se définir par rapport aux autres. Se laver dans une cuvette plutôt que dans le caniveau, avoir l'eau courante ou se baigner à la rivière.

« Seuls les pauvres peuvent inventer de telles distinctions », me disais-je enfin.

Je retournai à la maison retrouver ma mère qui m'avait demandé de revenir l'aider à préparer ses aliments pour sa clientèle du soir. Je m'assis donc au milieu des sacs de bananes plantain et de patates douces. Je me mis à les éplucher avec un couteau si petit que je manquais de me couper les doigts à tout instant. Je me fis une note mentale de lui en acheter un meilleur dès que j'aurais de l'argent à Port-au-Prince.

Ma mère profita de l'occasion pour me mettre encore en garde contre les dangers qui allaient me guetter dans la grande ville.

— Comment peux-tu savoir comment c'est, si tu n'y es jamais allée ?

Elle répondit sans hésiter :

— Même si je n'y suis pas allée, j'ai des amis et des parents qui y sont allés et on entend parler les gens, tu sais. Les grandes villes sont pleines de tentations de toutes sortes. Il y a beaucoup de gens et certains voudront te faire du mal en te faisant croire qu'ils te veulent du bien. Choisis bien tes amis et ne fais confiance à personne.

Je me suis surpris à imaginer toutes sortes de choses, que des gens cachés derrière des murs étaient prêts à m'attaquer, que tous les gens de la ville étaient des loups garous aux dents longues et pointues... Si son but était de me faire peur, elle l'avait atteint. Du coup, je n'étais plus sûr de vouloir partir, d'aller dans un endroit où j'allais avoir peur tout le temps, de tout et de tous. Ici, au moins, je n'avais pas à me préoccuper de cela, je connaissais tout le monde et tout le monde me connaissait. Chaque famille, chaque coin de rue, chaque chien, chaque chat errant même sans colliers, je reconnaissais leur maître ou tout au moins leur maison.

— Bien sûr, la famille où tu seras placé ne sera pas pareille. Ta tante me dit que ce sont des gens de bonne famille, bien éduqués et bien en vue qui auront à cœur ton bien-être et ton éducation.

Ouf, j'étais un peu plus rassuré et je continuai avec vigueur d'éplucher et de trancher les plantains et les patates que je mis dans une grande cuvette d'eau salée d'où ma mère les pêchait avec une grande louche trouée pour les mettre dans la friteuse. Chaque fois, ça faisait un vacarme et envoyait des effluves partout dans le voisinage, annonçant ainsi que le *manje kwit* serait prêt bientôt.

Les premiers clients de la soirée commençaient à arriver et tous deux nous nous sommes absorbés à livrer la marchandise sans autres commentaires.

Fourbu de ma journée qui avait commencé presque à l'aube à la forge et sentant la graisse de friture, je ne tardai pas à aller me coucher dès que j'eus fini d'aider ma mère à ranger ses chaudrons dans un coin de l'atelier. De toute la soirée, je n'avais jamais aperçu l'ombre de mon père comme si la nuit l'avait absorbé d'un coup, ni ne sus à quelle heure, ni s'il était rentré se coucher. C'étaient des choses dont les enfants ne se préoccupaient pas ou qu'ils ne demandaient pas à leurs parents. On nous aurait dit de toute façon que ce n'était pas nos affaires.

Mes pensées ont erré quelques instants vers ma chère grand-mère, Gran'Da. Je me demandais ce qu'elle pouvait faire toute seule là-bas, dans sa campagne lointaine, comment se passaient ses journées. Mon sommeil n'attendit pas la réponse.

5

Les préparatifs

Nous nous sommes réveillés sous l'effet d'une violente tempête tropicale, chose rare à ce temps-ci de l'année. Il pleuvait si fort que l'eau s'infiltrait partout, par les murs, le toit et même le sol. Il a fallu faire vite pour ramasser tout ce qui traînait par là et qui risquait d'être mouillé. Je roulai ma natte et mes affaires et je les mis sur le lit de mes parents. J'ai entassé tout ce qui pouvait l'être sur la petite table de cuisine-salle à diner-débarras. Le temps de le dire, nous avions de l'eau à la cheville, puis le vent s'est mis de la partie. Ma mère priait fort pour que le bon Dieu nous épargnât, tandis que mon père pestait, comme toujours, contre tout, en demandant à ma mère d'arrêter de se lamenter. Lui, il a le droit, mais pas les autres.

— Est-ce que le Bon Dieu nous aide en nous envoyant cette merde ? Comme si on avait besoin de cela, en plus de toutes les autres calamités auxquelles nous devons faire face ?

Il était toujours furieux contre tout, tout le temps de toutes les façons. C'était inscrit dans ses gènes, il me semblait.

Le vent souleva un coin de la tôle du toit et le fit battre comme un tambour, menaçant de l'arracher à tout moment. Il n'était pas rare dans des journées de tempête de voir les toits de tôle revoler un peu partout et même quelquefois trancher la tête des gens. Mon père rentra dans l'atelier chercher des clous et une échelle bancale pour aller fixer la tôle du toit clapotant. Il m'attrapa en passant :

— Viens, *ti-gason*, d'un ton qui ne tolérait aucune réplique.

Nous sommes sortis sous la pluie et le vent, j'avais du mal à me tenir debout. Le vent était déchaîné, voulant souffler tout sur son passage. La pluie nous fouettait comme une cravache et chaque goutte me pinçait chaque pore, comme autant de brûlures. Il me tendit le marteau et les clous sans mot dire, alors qu'il ajustait l'échelle. Une chance que la maison n'était pas très haute, car l'échelle n'aurait été d'aucun secours. Je lui passai le marteau et les clous et je retins l'échelle, de peine et de misère, me ballotant d'un pied à l'autre pour prendre mon appui. Il mit les clous dans sa bouche, maugréant contre le ciel, et parvint à sécuriser le morceau de tôle qui battait au vent.

Nous rentrâmes dans la forge trempés jusqu'aux os et je tremblais comme une feuille. Mes vêtements étaient collés à ma peau et je n'en avais pas d'autres pour me changer. Ma mère m'a donné un morceau de tissu pour m'essuyer. Je m'approchai de l'âtre de la forge et j'attisai le feu pour me réchauffer un peu. La pluie s'insinuait partout dans la forge aussi par la porte qui, même dans les beaux jours, n'arrivait même pas à se fermer. Alors pour l'empêcher d'être arrachée, mon père décida de l'ouvrir et de la fixer à un anneau qu'il avait installé pour la garder ouverte quand il en avait besoin. Le vent profita ainsi pour s'engouffrer dans la forge par la grande porte comme on dit et me voilà grelottant de plus belle.

Pendant qu'on était dehors, ma mère avait fait du café et bien que d'habitude je n'avais pas droit au café des adultes, elle me tendit une tasse chaude et bien remplie. Le contact avec le fer blanc chaud de la tasse me fit le plus grand bien avant même la première gorgée.

Mon père s'est assis à sa place habituelle derrière l'enclume avec son café, mais ne semblait pas vouloir travailler ce jour-là. Il était tellement de mauvaise humeur, rageant contre la nature. Pourtant, que pouvions-nous faire contre la pluie et le vent ? Ce n'était la faute de personne à ce que je sache.

Par la porte ouverte, nous regardions l'eau déferler en cascade dans la rue, emportant tout sur son passage. Comme l'eau montait un peu plus à chaque instant, menaçant d'entrer dans la forge, mon père me fit prendre une pelle pour créer un monticule en avant de la porte creusant ainsi un canal somme toute temporaire puisque l'eau à chaque lampée arrachait un peu de la terre en passant.

Nous assistions tous impuissants à ce déchaîne-
ment des éléments en nous demandant combien de
temps cela allait durer. Ma mère ne pouvait sortir
son étal ni ses chaudrons pour faire à manger. Je
regardai autour de moi cherchant où elle pourrait s'installer, mais il n'y avait guère de place qui
n'était pas trempée et puis, dit-elle, les clients ne
pouvaient même pas mettre le nez dehors de toute
façon. Alors, à quoi bon ?

Elle s'est assise sur une chaise en paille au beau
milieu de la forge, les pieds dans l'eau, le visage
fixé vers la porte à regarder couler l'eau. Ses traits
étaient apaisés comme si l'eau emportait avec elle
toutes ses angoisses et ses misères.

Une bonne partie de la journée se passa ainsi et,
dans l'après-midi, aussi soudain que c'était arrivé,
le vent est tombé, et, un peu plus tard, la pluie cessa.
Tout le quartier était sorti dehors commentant le
déluge, évaluant les dégâts, se renseignant sur le
sort des plus malheureux qui avaient perdu leur
toiture ou, pire encore, qui avaient vu leur maison
emportée par la crue des eaux.

Chaque saison des pluies et des ouragans, nous
vivions les mêmes drames, comme si des dieux ven-
geurs s'acharnaient sur notre bout de pays en nous
envoyant notre part de cyclones plus violents les
uns que les autres. À chaque période des ouragans,
des pans de montagnes, n'ayant aucun arbre pour
les retenir, étaient emportés créant une rivière de
boue engloutissant tout sur leur passage, maisons,
personnes et animaux. À tout cela, il fallait ajouter
la crue soudaine des eaux qui quittaient leur lit et

envahissaient les terres, détruisant les récoltes et emportant les troupeaux. Combien de fois n'avais-je assisté au passage des animaux morts dans la rivière en plus des cadavres des personnes figées dans la boue ? Cela sentait mauvais pendant des semaines avant qu'on arrive à brûler les carcasses des animaux, accrochés aux arbres déracinés que la rivière finissait par jeter vers les berges. Déterrer et libérer les corps de la boue séchée à coup de pelle-bêche prenait du temps, faute de machines mécaniques pour faire le travail, de main-d'œuvre et de ressources pour payer les travailleurs. Les gens finissaient par faire les travaux eux-mêmes en organisant de bon cœur une *kombit*[9] populaire réunissant toutes les forces vives et tout un chacun était mis à contribution selon leur force et leur disponibilité.

Petit à petit, la vie reprit son cours. Les bateaux qui avaient suspendu pendant quelques jours leur traversée recommencèrent à arriver et j'ai pu me concentrer sur les préparatifs du départ, bien que je n'avais pas grand-chose à préparer, sinon mon état mental.

Je repris mon plan pour mettre fin aux agissements du *Choukèt-la-rouzé* qui ne reculait toujours devant rien et profitait de chaque occasion pour continuer à terroriser tout un chacun et s'approprier des femmes selon son bon vouloir. Je n'ai jamais compris cette apathie collective qui laissait une personne prendre tant de pouvoir et

---

9. Rassemblement populaire d'entraide.

tant de place sans que nul n'agisse ni ne fasse rien pour régler ce problème. Il suffirait que quelques hommes forts de la trempe de mon père le coincent quelque part et lui foutent une bonne raclée ou pire pour lui régler son compte et résoudre le problème une fois pour toutes. Je sais : il représentait le pouvoir, il avait un fusil et il pouvait les faire mettre tous en prison, sans aucune forme de procès ou les faire disparaître sans que personne ne le sache. La peur est vraiment un puissant analgésique qui fait supporter les pires affres.

Dès que j'avais le temps quand mon père n'y était pas, je soupesais différentes massues pour les apprivoiser et aussi choisir celle qui conviendrait le mieux pour concrétiser mon plan. Certaines faisaient l'affaire, mais j'avais du mal à les manipuler et je savais que je n'aurais pas de deuxième chance. Il faudrait que je réussisse du premier coup. Je finis par trouver enfin l'instrument qui semblait me convenir parfaitement, alliant puissance et ballant. Je lui ai fait une marque distinctive pour pouvoir le repérer facilement au cas où mon père l'utiliserait. Je l'utilisais comme un poids pour faire des haltères de sorte qu'il devienne un avec mon bras. Un beau ballet de mouvements que je voulais gracieux et qui deviendrait meurtrier.

Ma mère reçut enfin des nouvelles de la capitale et m'annonça que je partirais par le bateau de dimanche prochain, soit dans quatre jours.

— Et papa ?

— Comme prévu, je lui annoncerai vendredi ou samedi et je m'arrangerai pour ménager ses susceptibilités. Je lui expliquerai pourquoi je ne pouvais lui dire avant. Bien que de temps à autre, je lui mentionne qu'il va falloir penser à quelque chose d'autre pour toi. Il te voit évidemment reprendre la forge, mais je lui répète que ce n'est peut-être pas ta voie. Ce qui ne fait pas trop son affaire, mais il va s'y faire.

— Merci maman.

Les larmes à l'œil, je la pris dans mes bras subitement. Prise par surprise, elle essaya de me repousser et de relâcher l'étreinte, mais je ne lâchais pas prise. Elle me caressa le dos un instant :

— Ça va aller, ti-Ibè, tu dois faire ta vie et crois-moi, c'est difficile pour une mère de voir partir au loin son seul enfant. Mon cœur est déchiré, et ma tête est angoissée. Pourtant, je suis certaine que c'est la seule solution pour toi. Aller là-bas apprendre un métier, voir autre chose. Je suis sûr que tu sortiras grandi de cette expérience et, si tu reviens, ce sera en connaissance de cause. Ici, ce sera toujours chez toi, nous ne sommes pas riches. Ce que nous avons sera toujours à toi, il y aura toujours quelque chose à manger et à partager avec toi.

6

La traversée

Le bateau quitte finalement le quai en direction du large. Je reste les yeux rivés sur ma mère et le quai de Jérémie qui s'amenuise jusqu'à ne devenir que quelques lumières blafardes au loin. La peur, l'émotion et le tangage du bateau ne tardent pas à avoir raison de mon estomac et ainsi débute une vague successive de vomissements qui va durer tout le long du voyage.

Sur les recommandations de ma mère, le capitaine m'a trouvé un petit coin près de la cabine de pilotage et, dès que nous sommes en mer, je m'approche de la porte pour lui demander de m'expliquer un peu notre position et vers quelle destination on se dirige. Il pointe une carte derrière lui et me montre du doigt le tracé jusqu'à Port-au-Prince. Cela me semble bien loin.

— Si tout va bien, *si die vle* [10], nous y arriverons demain matin.

---

10. Si Dieu veut.

Les noms des villes n'étaient à mes yeux qu'un fouillis de petits points. Ne sachant pas lire, je ne pouvais déchiffrer les noms. Il me les énumère ainsi :

— Tu vois, on va suivre la côte de près, croisant Gommier et Roseau, puis on va contourner la petite île que tu vois là, la grande Cayemite et filer vers le large.

Je me suis mis à suivre la côte du bout des doigts jusqu'à l'endroit indiqué pour notre arrivée.

— Tu ne sais pas lire ? m'interroge-t-il, l'air songeur.

Je lui fais non de la tête et il me réexplique la route, citant les noms des villes dont nous verrons quelques lueurs dans la nuit en m'indiquant que nous resterons au large et ne passerons pas très près de la côte. Elles ont des noms assez curieux dans ma tête : Petit-trou-de-Nippes, Grande Rivière, Petite Rivière, Miragoâne, Léogâne, pour n'en nommer que quelques-unes. Je me suis promis qu'un jour, je saurais lire les cartes moi aussi.

— Le bateau va mettre le cap en direction de l'île de la Gonâve en contournant l'île de la grande Cayemite, et passera dans le canal de la Gonâve ou canal du Sud, pour se diriger au petit matin dans la baie de Port-au-Prince.

Je trouve tout cela tellement fascinant que je serais devenu un marin sur-le-champ s'il me l'avait demandé. Je lui pose toutes sortes de questions sur le bateau et son métier et comment il est devenu capitaine.

Après vingt-cinq ans de maraudage à travers le monde, comme matelot tout d'abord, d'apprentissages divers, il a fait tous les métiers sur un bateau, de la coque à la proue, et de la soute au pont. Il est revenu au pays avec ce vieux rafiot acheté à Miami, économisant chaque sou qu'il gagnait. Il l'a rafistolé et s'est converti dans la marine marchande après mille péripéties pour obtenir un permis d'exercer. Pour ce faire, il a dû graisser une partie de l'administration locale, tout en continuant de guider le navire vers un point que je ne pouvais voir dans le noir, et il continuait de payer des faveurs diverses, du point de départ au point d'arrivée. Pour parvenir à rentabiliser ses voyages, il remplissait le bateau à ras bord et bien au-delà des limites permises par les lois internationales. La marchandise débordait des cales et les passagers devaient trouver des trous au milieu du cargo, quand ce n'était pas directement au-dessus des sacs, pour se coucher pour la nuit.

Soudain, il m'annonce au grand dam de mon estomac, que la mer serait houleuse pendant la nuit jusque vers le milieu de l'île de la Gonâve où nous serons protégés des vents contraires pendant quelques heures. Je regagne alors mon coin assigné, accoté contre mon baluchon qui contient toutes mes possessions.

Dans mon baluchon, fait de sa plus belle nappe à carreaux bleus et blancs, ma mère avait entassé mes quelques maigres affaires. Je n'avais pas beaucoup de vêtements et ceux que je possède ont connu leurs beaux jours depuis longtemps. Ce sont des vieux *pèpès*[11] que ma mère avait achetés au marché aux vêtements usagés en provenance de l'étranger et qui s'étaient usés davantage au travail de la forge. Elle les avait lavés, bien repassés et pliés et les a mis dans mon baluchon. Elle a mis par-dessus les *komparèts* que je dois remettre à ma tante et à la dame qui va me recevoir chez elle. Elle a inséré aussi une lettre à remettre à cette dame. Lettre qu'elle avait dictée au professeur de l'école primaire, qui fait office de scribe pour tous les illettrés du quartier pour quelques sous. Les gens ne sont jamais sûrs de ce qu'il écrit, mais tous lui font confiance. C'est lui aussi qui lit les lettres reçues de l'étranger que les parents gardent jalousement, malgré le jaunissement des enveloppes qui finissent par se ressouder à cause de l'humidité.

Le contact du baluchon me réconforte, il sent l'odeur de ma mère et de la maison qui me manquent déjà. Malgré le tangage du bateau, bercé par le ronronnement et la vibration du moteur, je m'endors au milieu des sacs et des autres passagers tout près qui occupent chaque centimètre carré disponible. La proximité des corps apporte une certaine chaleur aidant ainsi à contrer le froid relatif de la nuit.

Perdu dans mes rêves, je ressens une sensation étrange et jusque-là inconnue. Je croyais rêver et dans mon demi-sommeil, je me rends vite compte que l'objet de cette sensation vient de mon ventre,

---

11. Pèpères (pèpè), vêtements usagés en provenance de l'étranger qui contribuent à la disparition des petits tailleurs et des couturières en Haïti en plus de constituer une source de pollution.

un peu plus bas en fait. Je retiens mon souffle et essaie de ne pas bouger, c'est à la fois doux et insoutenable. J'essaie de repousser la main et une voix me demande dans le noir :

— Tu n'aimes pas ?

— Je ne sais pas.

Je ne sais pas ce que c'est, ni ce qui m'arrive. Cela me fait tout drôle. Sans demander ma permission, la main s'est remise à l'œuvre, ouvrant mon pantalon pour avoir un accès direct à mon sexe qui ne tarde pas à se réveiller de nouveau.

— T'es-tu déjà fait caresser ? me questionne la voix.

Je secoue la tête sans être sûr qu'elle comprenne. Le trouble devient de plus en plus profond et je commence à vraiment trouver cela bon. Elle prend ma main et la met entre ses jambes qu'elle écarte. Comme je ne sais pas quoi faire, elle la guide dans sa culotte. Je sens ses poils et elle glisse mes doigts dans son sexe humide et, en bon professeur, elle les dirige sur cette partie de sa chaude anatomie tout en bougeant son corps, semant davantage de désarroi dans mon esprit et dans mon corps qui ne comprend toujours pas ce qui se passe.

« Quelque chose de si bon ne doit exister ni être normal, pensé-je ? » Pourquoi n'ai-je jamais ressenti cela avant et pourquoi ma mère ne m'en a t-elle jamais parlé ? J'eus un flash soudain du *Choukèt-la-rouzé*, qui faisait la même chose à ma mère. Ce moment de dégoût me fit enlever ma main et perdre ma raideur du même coup.

— Qu'est-ce qui t'arrive ? Continue et n'arrête pas, tu vas me faire perdre le fil, supplie la voix qui ne demande pas de réplique.

Je remets ma main et elle fait de même. Elle me frotte si fort qu'au bout de quelques minutes, je sens comme une envie forte d'uriner et un liquide chaud sort avec force de mon pénis et s'étale sur mon pantalon. Elle ne veut pas que j'arrête et gémit dans mon oreille tellement fort que j'ai peur qu'elle meure. Elle me dit des mots que je ne comprends pas et répète oui, tout le temps, plus fort, plus vite, plus bas, plus haut, pas là, là. Je ne sais plus où donner de la tête ni de la main. Elle essaie de m'embrasser, en mettant sa langue dans ma bouche, je ne sais comment réagir et ne peux pas respirer. Elle presse ma main sur son sexe si fortement que je ne peux même plus bouger mes doigts. Elle serre ses cuisses et emprisonne ma main au point que je crois qu'elle va la briser. Lâchant un râle profond dans mes oreilles, tout son corps est pris d'un tremblement comme si elle est possédée. Puis, elle se détend d'un seul coup et me rend ma main. Sans dire un mot de plus, elle se retourne de côté, me faisant dos, et sans aucune explication se perd dans un profond sommeil, me laissant perplexe à me demander ce qui vient au juste de m'arriver.

Je m'assoupis à mon tour et ne sais combien de temps je suis resté ainsi jusqu'à ce que le tangage insistant du bateau et des chants venant de l'arrière me tirent de mon sommeil. Des bribes me parviennent dans le vacarme des moteurs et le bruit du vent : *« Mèt Agwe sou lan-mè, Èzili malad o, gade nap chante*[12]. » Je reconnais la chanson pour l'avoir déjà entendue. Prenant mon courage à deux mains et malgré mes entrailles qui veulent remonter, la curiosité l'emportant, je me dirige vers la provenance de la chanson. La mer est devenue de plus en plus mouvementée et le bateau secoué de toutes parts. Les femmes prient, chapelet en mains, d'autres reprennent la chanson d'Agwe, leurs voix empreintes de peur. Le capitaine est debout à l'arrière, un foulard rouge autour du cou, une machette à la ceinture, la casquette retournée vers l'arrière. Il a une bouteille à la main et, sur une nappe à même le sol, se trouve une table bien garnie de victuailles. Bien que j'aie l'estomac dans les talons, j'ai faim tout à coup. Le capitaine, aidé d'un matelot, est en train de nourrir la mer en prononçant des incantations incompréhensibles. Je m'approche de plus près et l'entends dire : *« Mèt Agwe, die lan-mè, die ki fò, nou se pitit ou papa, fò ou ban pasaj, fò ou ban la pè*[13]. » Il verse une rasade de la bouteille dans la mer et en boit une gorgée. Cela n'a aucune influence sur la mer, qui reste tout aussi agitée, sourde à ses supplications. D'autres nourritures sont jetées par-dessus bord, suivies d'autres rasades, rien n'y fait pour calmer la mer. Mais là n'est pas le but, m'apprend le capitaine.

---

12. Maître Agwe sur la mer, Erzulie est malade, écoute notre chant.

13. Maître Agwe, Dieu de la mer, Dieu très fort, nous sommes tes enfants, accorde-nous le passage, accorde-nous la paix.

— Ce sont des offrandes à Agwe, pour le remercier de sa compagnie et lui demander d'intercéder auprès de ses maîtresses, le vent, la mer, de nous assurer un bon passage et de protéger mon bateau.

Je retourne dans mon coin, non sans avoir vomi toute la bile qui me reste dans le corps. J'ai une sensation de brûlure dans la gorge et la bouche pâteuse, j'ai soif et je n'ai rien à boire. Je finis par m'endormir de nouveau sans être embêté par ma voisine qui, perdue dans son sommeil, ronfle assez fort et semble, tant mieux, avoir oublié mon existence, ce qui fait bien mon affaire d'ailleurs.

La mer finit par se calmer, comme avait dit le capitaine. Le reste de la nuit est peuplé de rêves les plus bizarres, de gros monstres marins qui viennent avaler le bateau. Je sens leur souffle chaud, j'entends des chants venus de la mer, doux comme des berceuses. Ce ne sont que les bruits du réveil sur le pont qui me tirent de mon sommeil et je peux ainsi assister à notre arrivée au petit matin au quai de cabotage, pas loin du quai de charbon, dans la rade de Port-au-Prince.

La ville me semble immense et grossit au fur et à mesure qu'on approche de la terre. Vue de loin, on dirait un fer à cheval dont les maisons sont disposées sur son pourtour. Il y en a partout, en tout cas, plus que dans ma ville.

J'ai tout mon temps pour observer le déchargement des passagers et de la marchandise. Le capitaine m'a autorisé à demeurer sur le toit du bateau jusqu'à ce que ma tante vienne me réclamer. Le soleil est déjà haut dans le ciel et il commence à faire très chaud quand je descends de mon perchoir pour me rendre à l'arrière du bateau où on a tendu une sorte de bâche en toile pour se protéger du soleil. Il ne reste presque plus rien dans la cave. Les matelots nettoient le pont, puisant de l'eau de mer et essuyant avec un grand balai les traces de vomissures et même d'excréments, en attendant les prochains voyageurs pour le chemin en sens inverse, qui se fera à la fin de la journée juste avant la tombée de la nuit.

Le capitaine doit aller faire des courses et il me dit d'attendre ma tante sur le bord du quai. Je m'assois les pieds pendants, face à la mer, contemplant toute cette quantité d'objets hétéroclites qui flottent à la surface. Il y en a tellement, que je ne peux même pas voir l'eau. Il y a de tout : des détritus, des animaux morts dont l'odeur de décomposition me parvient jusqu'aux narines, des bouteilles vides, des morceaux de tissus. C'est tellement épais que je me demande si ce ne serait pas possible de marcher sur l'eau. Me tournant vers la terre de temps à autre, j'observe le va-et-vient des porteurs qui commencent déjà à entasser de la marchandise en avant du bateau en préparation du retour. Je ne sais combien de temps je suis resté ainsi à attendre, me demandant ce que je vais devenir si ma tante oublie de venir me chercher. Est-ce que le capitaine accepterait de me ramener sans payer ? Je n'ai pas le moindre argent, comment vais-je faire pour manger, pour survivre ?

7

Port-au-Prince

D'ici, la ville ne ressemble à rien de ce que j'avais pu imaginer. Je n'ai jamais vu autant de gens entassés dans un même endroit. Partout où mes yeux se posent, je ne vois que des têtes ou des jambes tant la foule est dense. Je n'ose pousser personne, alors je suis le flot et je me fais crier sans cesse par ma tante, « Tu avances oui ou non », dès qu'elle ne m'aperçoit pas sur ses semelles. Elle est agile pour son âge. Elle semble avoir vite oublié que j'ai une charge sur la tête et qu'il m'est impossible de contourner les gens aussi vite qu'elle.

Nous marchons depuis quelque temps, pourtant il me semble que nous sommes encore au même endroit. Des foules se succèdent, des piles d'immondices s'entassent encombrant les rues, à la grande joie des chiens et des porcs qui se disputent les déchets, montrant crocs et grognements. À Jérémie, nous serions déjà sortis de la ville. Longeant le bord de mer, nous traversons des marchés en enfilade, des légumes et des fruits, des volailles, qui cèdent la place aux mammifères, porcs, chèvres, vaches, puis les denrées sèches, le riz, les pois, le sel. Ailleurs tout est pêle-mêle, puis c'est le marché aux paniers, du plus petit aux plus immenses, décoratifs et fonctionnels, ils se font la compétition. Ici, c'est le *manje kwit*, et je pense soudain à ma mère et à son étal à la maison. L'odeur m'attrape aux tripes et j'ai encore plus faim, je n'ose rien dire à ma tante, j'espère seulement qu'elle n'a pas oublié que je n'ai encore rien mangé. Elle se retourne de temps à autre pour voir si je la suis, mais à part cela, elle ne m'adresse pas un seul mot. Elle suit sa route pour-fendant les flâneurs pour qu'ils s'écartent de son chemin. Je vois ses hanches qui vacillent en avant de moi et j'ai le temps d'observer sa nuque haute et sa tête surmontée d'un foulard. Ses pieds chaussés de savates sont crevassés aux talons et la poussière du chemin s'est ajoutée à celle du charbon créant un effet de chaussettes. Le marché s'éclaircit et je peux maintenant mieux voir la mer toute proche et sentir son odeur qui me rappelle chez nous, mais en moins bon. Notre bord de mer ne sent pas aussi mauvais qu'ici. Tout comme près du quai de débarquement, il y a aussi plein d'immondices dans la mer, les gens semblent l'utiliser comme dépo-toir. Une marchande d'oranges verse ses pelures dans l'eau ; une autre, ses résidus de poissons qui semblent faire l'affaire des mouettes qui bataillent fort pour s'arracher quelques restes.

Soudain, ma tante s'arrête sur le bord du trot-toir, une canalisation d'eau souterraine semble être brisée et une source d'eau claire jaillit du sol.

Elle se penche pour se laver le visage, les bras, les pieds. Moi, je suis là, debout, le sac de charbon sur la tête, mon baluchon par-dessus. Je ne sens plus le poids, la douleur s'est engourdie, j'entre ma tête dans mon cou pour amortir la charge. J'ai soif, j'ai faim. Je vois ma tante boire dans sa main et je salive à l'idée de pouvoir tremper mes lèvres dans cette eau fraîche. Je n'ose rien demander et encore moins déposer mon fardeau ne sachant pas comment je ferais pour le remonter sur ma tête. J'ai envie de pleurer, j'ai l'estomac noué, quelque part entre la rage et le chagrin.

Est-ce ce qui m'attend ici ? Est-ce cela mon rêve, mon beau voyage ? Les larmes me montent aux yeux, mais je ne dois pas pleurer. Je vais m'appuyer contre un pylône électrique, mais le sac m'empêche de reposer mon dos.

Ma tante détache son foulard de sa tête et la secoue pour enlever un peu de poussière et l'utilise comme serviette pour s'essuyer. Elle le trempe ensuite dans l'eau pour le rincer, le tord bien comme il faut et le renoue sur sa tête. Pendant tout ce temps, je suis comme invisible, je suis là sans être là, présent et absent en même temps. Sans dire un seul mot, elle reprend la route, longeant toujours le bord de mer et je la suis, silencieux.

Nous quittons la zone du marché et longeons des magasins. Il y a des marchandes partout sur les galeries et chaque parcelle de trottoir est prise d'assaut. Ici, on vend surtout des fripes, des *pèpès* comme ma mère les appelle. Quand j'aurai de l'argent, je viendrai m'en acheter des « tout neufs » pour remplacer mes vieux usés et sales que je porte. Il y a aussi des marchandes de savon et de parfum, cela sent bon même de loin. J'ai peine à absorber toutes ces sensations et, perdu dans mes pensées, je ne me rends même pas compte que le décor a changé de nouveau. Nous arrivons dans un grand boulevard surmonté d'une arche, c'est beau comme dans un rêve. Ici, c'est plus propre, la route est large, voitures et motos circulent librement. Le quai est plus joli et il y a un grand bateau tout au fond, beaucoup plus grand que celui du capitaine et peint en blanc. Il est tellement beau que mes yeux clignotent pour le regarder.

Juste à côté, un grand immeuble peint de la même couleur que le bateau s'illumine avec une grande lumière qui scintille et qui s'allume une lettre à la fois, puis toutes les lettres ensemble et cela recommence. Je suis fasciné et reste bouche bée, je n'avais jamais vu rien de tel jusqu'ici dans ma vie. Toutes sortes de personnes de race étrangères traînent par là, des Blancs pour la plupart, mais quelques Noirs aussi. Ils me regardent à travers un petit appareil qu'ils ont suspendu à leur cou. Ma tante me presse d'avancer, en me disant :

— Ce sont des «Blancs», des touristes arrivés dans ce grand bateau. Tiens-toi loin, c'est rien que du trouble ces gens-là, me parlant pour la première fois depuis le quai de charbon.

Nous longeons le grand parc qui ne semble jamais finir, la rue est grande et large et les voitures ne se rencontrent même pas. Ce n'est pas comme sur la route du marché, un peu plus tôt, où elles circulaient dans tous les sens. Ici, tout semble en ordre, comparé au chaos du marché. La musique d'un orchestre nous parvient de plus loin, alors que nous passons près d'un grand édifice au toit bizarre qui ressemble à une coquille ouverte. J'ose demander ce que c'est à ma tante :

— C'est un théâtre, on joue de la musique et les gens riches y vont danser. On l'appelle le Théâtre de verdure.

« On doit être bien riche », me dis-je en moi-même pour pouvoir aller danser. Je n'ai jamais vu mes parents danser ni entendu dire qu'ils allaient danser. Il n'y avait pas de maison en forme de coquille dans notre ville non plus où les gens vont danser.

Que de découvertes en peu de temps ! Je n'ai aucune idée de la distance parcourue, ni depuis combien de temps nous sommes partis. La faim s'est atténuée et a fait place à des crampes dans le ventre. Mes lèvres sont tellement sèches qu'elles me font mal. Sachant qu'on approche du but, ma tante se croit obligée de me parler des gens chez qui je vais habiter.

— Je croyais que j'allais rester avec elle, lui dis-je.

— Mais non, répond-elle, c'est une bonne famille avec deux enfants. Des gens bien et de bonne réputation qui vont prendre soin de toi. Ils vont t'envoyer à l'école, tu vas apprendre à lire et à écrire, ce que je ne peux pas te donner. Je n'ai pas les moyens ni le temps de m'occuper de toi comme il faut. Je suis sûr que ta mère me comprendra.

— Est-ce qu'elle le sait ? lui demandé-je.

— Non, je n'ai pas eu la chance de lui faire porter le message. À la première occasion, je le ferai.

Je sens la panique m'envahir, ma mère ne sait pas où je suis et ne saura même pas s'il m'arrive quelque chose.

— Comment vais-je faire pour te rejoindre, ma tante, si j'ai besoin ?

— Ne t'en fais pas, je passerai te voir de temps en temps et madame sait comment me trouver si besoin est. Puis, tu verras, il n'y aura pas de problèmes, ce sont des gens bien, répète-t-elle encore comme pour se convaincre, sa voix se perdant dans le vacarme des klaxons des *taps-taps*[14].

Une fois qu'elle m'aura conduit chez eux et laisser là, je soupçonne que ce sera la dernière fois que je la verrai.

Nous sommes parvenus à un carrefour important de la ville. Cela grouille de monde, presque autant qu'en ville et presque de manière aussi anarchique. Les voitures et les personnes se battent pour se frayer un chemin. J'ai de la difficulté à avancer avec mon sac toujours sur la tête et je peine de nouveau à suivre ma tante. Je la perds de vue de temps à autre et elle doit ralentir pour m'attendre. Elle me mentionne qu'ici, c'est le marché de Carrefour, un quartier de la ville qui fait le pont avec les villes du

---

14. Tap-tap : autobus aux couleurs vives servant au transport en commun entre les villes et différents endroits de la capitale.

Sud. Cela ne me dit rien, j'absorbe l'information et c'est tout.

Au bout d'un certain temps, elle s'arrête :

— Ça y est, tu peux déposer le sac de charbon ici. Ma «pratique»[15] va venir le chercher. Repose-toi un peu pour être présentable.

Présentable? Je ne sais même pas ce que cela veut dire. Mes vêtements déjà usés sont maintenant sales en plus d'être trempés de sueur, car la chaleur suffocante, en plus de la charge que je portais, m'ont fait suer à grosses gouttes. Bien que je n'aie pas l'habitude de me laver tous les jours, là, j'irais bien plonger dans la mer toute proche pour enlever le charbon, la poussière de la route et la sueur qui me collent à la peau.

Je m'assois sur le sac de charbon pendant que ma tante discute avec ses commères du marché. Elle semble connaître tout le monde ici. Elle me montre du doigt en parlant à des femmes. Je fais bonjour de la tête de loin, me demandant ce qu'elle peut bien leur raconter. Le soir commence à tomber quand la «pratique» arrive enfin. «Pourvu qu'elle ne me demande pas de lui apporter le sac de charbon jusque chez elle, car je n'en peux plus.» Elle paie ma tante et hèle une brouette à mon grand soulagement. Ma tante me fait signe d'approcher :

— Elle est la propriétaire du restaurant que tu vois de l'autre côté de la rue.

Puis, en se tournant vers une dame de ses amies :

---

15. Pratique : client permanent fidèle.

— C'est ti-Ibè, sa mère me l'a envoyé pour que j'en prenne soin. Il va rester chez les Mirevoix. J'ai conclu un accord avec madame Mirevoix pour qu'elle le garde. Elle m'a promis de le nourrir et de l'envoyer à l'école. C'est quelqu'un de bien qui a de la classe et qui a fait des études chez les Sœurs de la Sagesse et elle a un bon mari qui travaille aux travaux publics. Il sera bien là, non ?

La dame du restaurant fait signe que oui de la tête et se penche vers moi :

— Tu arrêtes quand tu veux, la maison te sera toujours ouverte.

— *Mèsi*, lui dis-je timidement en baissant les yeux.

— Bon, tu viens, ti-Ibè, il faut que j'aille te présenter à ta nouvelle famille. Ce n'est pas bien élevé d'arriver chez les gens à l'heure du souper quand on n'est pas invité.

Nous prenons un chemin de traverse qui grimpe un peu. Mon baluchon est beaucoup plus léger que le sac de charbon. Je le serre contre moi comme pour me protéger. C'est tout ce que j'ai, je me sens perdu dans cette ville, sans repères. Je n'ai pas la moindre idée de l'endroit où je suis et, en plus, il commence déjà à faire noir. À chaque voiture qui passe, nous devons nous coller contre les maisons, la rue est à peine large pour une voiture et est pleine de crevasses, ce qui pousse les véhicules à zigzaguer d'un bord et de l'autre, nous frôlant presque à chaque fois.

8

Les Mirevoix

Qui sont ces gens ? Ces Mirevoix, dont j'ai entendu le nom pour la première fois. J'espère qu'ils vont m'aimer.

— C'est ici, dit ma tante en s'arrêtant devant un grand portail de fer.

Même dans le noir, la maison me semble imposante, il m'est impossible de concevoir qu'une seule famille habite une maison si grande. Elle presse sur un bouton près d'une porte en fer plus petite à côté de la grande, je ne sais pas à quoi cela sert. Elle presse de nouveau et une voix de femme intervient :

— Plaît-il ?

— C'est madame Irène.

J'entends ainsi appeler ma tante pour la première fois. Je ne me doutais même pas qu'elle avait un nom. En fait, je ne sais même pas si c'est vraiment ma tante. Ici nous appelons souvent oncles et tantes les personnes plus âgées, même si ce ne sont que des connaissances de la famille. Le gond grince et ma tante Irène me pousse à l'intérieur en me suivant. Elle me présente à la dame qui a ouvert la portière et qui ne me révèle même pas son nom, me regardant des pieds à la tête.

— Il m'a l'air bien chétif, mam' Irène, vous pensez qu'il fera l'affaire ? Mme Mirevoix est bien exigeante comme vous savez, enfin, on verra. Suis-moi, je vais annoncer à madame que vous êtes là, mam' Irène.

Je colle à la jupe de la dame, pendant que ma tante se dirige vers la maison et s'arrête en avant du perron. Je suis amené dans une cuisine installée dans la cour, de l'autre côté de la maison. L'odeur de nourriture ravive la faim qui me tord les entrailles.

— Attends-moi ici, me lance la dame sèchement et ne touche à rien, tu m'entends ?

Sans attendre de réponse, elle tourne les talons et va vers ma tante. « Je sens que je ne vais pas l'aimer celle-là ».

La cuisine est une assez grande pièce, à première vue, elle est presque aussi grande que toute notre maison de Jérémie. D'un côté, trône un grand évier en ciment près de la porte d'entrée, qui est plein à craquer de chaudrons. Même avec son *manje kwit*, ma mère n'en a pas autant. De l'autre, un gros meuble blanc que je n'ai jamais vu auparavant sur lequel reposent des chaudrons avec de la nourriture. Je suppose que ce doit être un truc pour faire cuire à manger. Ma mère, elle, utilise du charbon de bois et rien de semblable. « En tout cas, je saurai bien ce que c'est. » Toutes sortes d'ustensiles de cuisine sont accrochés un peu partout. Plus loin, se trouve une table et deux chaises, une grande armoire avec deux portes que je n'ose ouvrir, une autre porte vers le fond de la salle est fermée et une autre donnant sur la cour, d'où nous sommes entrés.

La dame acariâtre revient avec des vêtements qu'elle me tend. J'ai toujours mon baluchon dans les mains.

— Es-tu attaché à ce paquet et as-tu l'intention de le traîner partout ? Sur le côté de la maison, il y a un robinet, va te laver et change tes vêtements. Monsieur et madame t'attendent et ils n'aiment pas qu'on flâne.

Je m'exécute rapidement et reviens avec les nouveaux vêtements, un peu grands, mais propres et qui sentent bon.

— Suis-moi, et comporte-toi comme il faut.

Elle m'amène vers la grande maison où je trouve ma tante en discussion avec deux personnes.

— Voici ti-Ibè, c'est l'enfant unique de ma cousine qui me l'a envoyé pour j'en prenne soin. Je vous le confie, car je sais que vous êtes de bonnes et généreuses personnes. Avec vous, il aura une éducation et un bon toit. Je passerai le voir de temps en temps et vous savez comment me rejoindre si besoin.

— Dis *bonswa* à monsieur et madame Mirevoix, ti-Ibè, ordonna ma tante

— *Bonswa*, madame, *bonswa*, *misie*, dis-je en gardant la tête baissée.

Ma mère m'a toujours répété de ne pas regarder les adultes dans les yeux et encore moins les gens riches. Comme ils semblaient riches et adultes, j'ai appliqué la règle.

— Je vais partir, annonce tante Irène. Ne me fais pas honte, ti-Ibè.

Puis, elle sort.

— Va avec madame Suzie, dit la maîtresse, elle va te dire quoi faire.

Je sors à mon tour précédé de Mme Suzie et ainsi commence mon aventure chez les Mirevoix.

9

La famille

Mme Suzie commence sa tirade en m'expliquant que c'est elle la patronne ici. Elle affirme être au service des Mirevoix depuis plusieurs années et ne veut pas que ma venue vienne gâcher sa réputation ni sa quiétude. Elle me fait promettre de me comporter correctement et d'apprendre tout ce qu'elle va me montrer et tout ira bien.

— Madame a hésité longtemps avant de te prendre. Elle ne voulait pas d'un restavèk dans la maison. C'est bien parce que tu es le neveu de Mam' Irène qu'elle veut bien t'aider, ce sont de très bonnes personnes, des gens bien.

«Oui, oui, je l'ai entendu déjà plusieurs fois en peu de temps, je vais finir par croire qu'ils sont des saints!»

— Est-ce que tu m'écoutes, ti-Ibè? me crie la bonne en m'envoyant une taloche qui fait sonner des cloches dans mon oreille.

— Oui, dis-je en me frottant la tempe, retenant mes pleurs.

— Je n'aime pas parler pour rien. Tu dois suivre les instructions à la lettre. Alors, quand je te parle, tu écoutes. Sinon, ce ne sera pas que des taloches que tu vas recevoir. J'ai une rigoise[16] toute prête à caresser tes fesses. Nous allons servir le dîner et ce soir, je veux que tu te contentes de me regarder et d'observer comment cela se passe. La cuisine, c'est mon domaine, je ne veux pas t'avoir dans mes jambes à moins que j'aie besoin de toi. Ainsi, tu te tiens loin de mes affaires. Je vais t'expliquer plus tard tes tâches et ce que tu auras à faire pour m'aider. Madame t'énumérera les siennes demain sans doute. Suis-moi, allons voir si tout est prêt pour le dîner.

Sans attendre ma réponse, elle se dirige vers la maison. Nous entrons par une autre porte et arrivons dans une grande salle, plus grande que la forge et la maison chez nous comprise. Tous les gens de mon quartier pourraient vivre dans cette pièce. Une table longue entourée de six chaises trône au milieu de la pièce et deux autres chaises sont adossées de chaque côté du mur. La table est mise pour quatre personnes avec la plus belle vaisselle que j'aie jamais vue. Mes yeux sont écarquillés gros comme ça ! Je regarde partout pour absorber le lieu et en même temps suivre les gestes de Mme Suzie pour ne pas recevoir une autre taloche. Elle me semble toujours de mauvaise humeur, celle-là, avec sa mine renfrognée.

---

16. Fouet fait à partir de peau de bœuf tressé.

— Tu vois, ici c'est la place de madame, me montrant un bout de la table, elle mange toujours à cette place même quand elle est seule. En face, c'est monsieur, mademoiselle Justine, la grande fille, mange du côté droit et monsieur Julien, le garçon, du côté gauche. Il est important de ne pas te tromper. En général, madame veut que tout le monde dîne ensemble. C'est le seul repas qu'ils prennent en commun à cause des horaires de chacun. Je t'expliquerai cela aussi plus tard.

« Comment vais-je retenir tout cela ? » Elle jette un coup d'œil autour, tout me semble parfait, mais elle redresse un couteau, pas tout à fait droit à son goût. Elle ouvre un placard et sort une bouteille de vin qu'elle ouvre en me montrant comment faire. Je ne suis pas sûr de pouvoir tenir la bouteille et manœuvrer son ouverture en même temps, comme elle le fait si adroitement. Elle place la bouteille au milieu de la table et j'en profite pour observer le reste de la pièce. Le long d'un mur se trouve un grand buffet vitré dans lequel sont gardés des verres de toutes sortes et de différentes grandeurs. Je me demande à quoi doit servir tout cela, la maison ne contient que quatre personnes. Chez nous, il n'y avait que quatre gobelets que nous utilisions pour le café et l'eau.

Enfin, j'apprendrai leur utilité un jour ou l'autre, je suppose. Sur un autre mur est appuyée une commode surmontée d'un grand miroir. Sur la commode : toutes sortes d'objets, des bouteilles avec des liquides de couleurs différentes, des statuettes d'anges et de femmes élégantes et deux chandeliers en argent partagent l'espace. Le tout se reflète dans le miroir multipliant ainsi leur nombre. De l'autre côté, une petite desserte près de la porte menant au salon où j'ai rencontré Mme Mirevoix plus tôt.

— Nous sommes prêts, m'annonce Mme Suzie, je vais avertir madame. Toi, va m'attendre dans la cuisine.

La noirceur m'empêche de voir tout ce qu'il y a dans la cour entièrement pavée. Dans un coin, je crois apercevoir une voiture stationnée plus loin que je n'avais pas remarquée en arrivant. Je suppose que ce doit être la voiture de M. Mirevoix.

En attendant Mme Suzie, j'examine le reste de la grande cuisine et je remarque une grande armoire blanche, comme celle du magasin général chez nous où on vend des boissons fraîches. Je n'en avais jamais vu une dans une maison avant. « Ils doivent être vraiment riches ces gens-là pour avoir leur propre magasin dans leur maison. » Il y a une autre petite pièce à l'arrière au fond de la cuisine, la porte est entrouverte. Je jette un coup d'œil aux étagères qui contiennent toutes sortes de pots et des sacs de nourriture, comme pour nourrir une ville entière. Je n'en reviens tout simplement pas. « Pourquoi autant de victuailles dans une maison ? » Mes entrailles réagissent se rendant compte que je n'ai toujours rien mangé. « Comment est-ce possible, d'avoir tant de choses à manger dans une seule maison quand il y a tant de gens qui ont faim ? » Je pense que ma mère serait heureuse d'avoir un garde-manger pour ses provisions de *manje kwit*. La plupart du temps, elle fait son marché le jour même et n'achète que ce dont elle a besoin pour la journée. Tout compte fait, avec les rats qui se promènent autour de la maison, je ne suis pas sûr que ce soit une bonne affaire.

Mme Suzie arrive dans les entrefaites :

— C'est là que tu vas dormir, mais ne t'avise pas de manger quoi que ce soit qui ne t'a pas été donné. Madame est très sévère, elle commande et contrôle chaque chose qui entre et qui sort.

Il n'y a pas de lit dans la réserve, je suppose qu'il se trouve une natte quelque part. Lisant sans doute dans mes pensées, Mme Suzie me dit qu'on ira au marché m'acheter une natte demain, mais que, pour ce soir, elle m'organisera quelque chose.

— Viens, nous allons servir.

Elle sort divers plats d'un placard et sépare la nourriture dans chacun d'eux. Elle me fait étendre les mains et me met un plat fumant en équilibre. Elle en prend un elle aussi et me fait signe de la suivre.

Elle me présente aux deux enfants qui me regardent des pieds à la tête.

— Voici ti-Ibè, mentionne-t-elle sans autres présentations.

— Mais, ce sont mes affaires qu'il porte, ce petit con ! Qui lui a donné la permission ? s'insurge le fils sur un ton fâché en poussant sa chaise comme s'il était prêt à m'attaquer.

— C'est moi, répond Mme Mirevoix, tiens-toi tranquille, tu ne les portes même plus depuis longtemps.

— Ce sont mes affaires quand même, crie-t-il. Il vient seulement d'arriver et déjà, tu lui donnes mes affaires, m'man, ce n'est pas juste !

— Tais-toi ! Insolent, dit le père, excuse-toi auprès de ta mère et puis, tu stresses le garçon.

Je suis tout tremblant et si je ne tenais pas le plat à deux mains, je l'aurais sans doute échappé. Sans dire un mot, Mme Suzie me l'enlève, m'écarte du chemin et commence le service.

Mlle Justine ne dit pas un mot et me regarde du coin de l'œil. Je fais semblant de ne pas la voir et attends en retrait les ordres de Mme Suzie. Elle me tend le plat de service vide, sert le vin à monsieur puis à madame, selon un ordre préétabli, donne de l'eau aux enfants sans qu'ils en demandent. Elle se tourne vers moi et m'invite à la suivre.

— Ce qu'il peut être chiant, monsieur Julien, clame-t-elle. Tiens-toi loin de lui, le plus que tu peux, il peut être très malin.

Elle prépare d'autres plats et nous retournons dans la salle à manger. Ce rituel se répète plusieurs fois jusqu'au dessert. S'il manque quelque chose, madame sonne une petite cloche et Mme Suzie, suivie de moi, nous nous précipitons dans la salle à manger. Le souper se passe sans autre incident, la famille semble apprécier les mets de Mme Suzie et elle en vient à oublier ma présence dans l'ombre. Mme Suzie débarrasse, me tend les plats que j'apporte à la cuisine et je reviens en chercher d'autres. M. Mirevoix réclame un café et pas madame. Les enfants s'éclipsent dans leurs chambres et monsieur dit qu'il va prendre le café au salon. Il sort de la pièce suivie de madame et avant même que nous soyons sortis de la salle à manger, nous entendons des voix venir d'un appareil.

Quand nous sommes arrivés avec le café, madame est assise dans une berceuse en train de faire de la broderie et monsieur est en train de fumer un cigare en parlant à une boîte d'où s'agitent des gens. Comme s'il lisait dans mes pensées, monsieur me signale :

— C'est une télévision. As-tu déjà vu une télévision ?

Je fais signe que non de la tête. Mme Suzie me dit :

— Réponds quand on te parle, *ti-gason*.

— Non, *misie*.

Je rentre ma tête dans mon cou appréhendant une taloche, qui serait sûrement venue, si monsieur n'avait pas été là. Il semblait ne pas être d'accord avec la personne qui parlait à la télévision.

— Quels cons, commente-t-il, ils ne savent même pas de quoi ils parlent.

« Moi non plus, d'ailleurs, me dis-je pour moi. »

— Ton cigare pue, Édouard ! ajoute madame. Combien de fois t'ai-je demandé de le fumer sur le balcon plutôt que dans la maison ?

Monsieur ne répond même pas. Il dépose son cigare, remercie Mme Suzie pour le café, y met trois bonnes cuillérées de sucre et le porte lentement à ses lèvres tout en gardant les yeux rivés sur la télé.

Je regarde les images bouger, fasciné par tout ce que j'absorbe en si peu de temps. Mme Suzie me rappelle vite à la réalité. Nous finissons de desservir la table et, en peu de temps, tout est rangé comme s'il ne s'était rien passé.

— Il faut se presser pour faire la vaisselle, me répète-t-elle. Je ne dors pas ici moi et j'ai un bout de chemin à faire avant d'arriver chez moi et de nourrir les enfants. Je t'ai préparé un plat, ti-Ibè, tu pourras le manger avant de te coucher.

J'aide à faire la vaisselle, et elle m'indique où je dois ranger telle ou telle chose. Je prends des notes mentales de tout ça.

Je ne sais ce qui me tenaille le plus : la faim ou la fatigue. Les deux, je suppose. Après la nuit sur le bateau, toute la journée au marché au charbon, la marche jusqu'ici et le travail de la maison tout de suite en arrivant, je suis exténué. Bref, j'aurai eu tout un accueil à Port-au-Prince. Dire qu'hier à pareille heure, je quittais ma ville natale.

Mme Suzie prépare les restes du repas pour les emporter chez elle dans de grands contenants en aluminium, remplis à ras bord, qu'elle empile un par-dessus l'autre.

— Madame me permet d'apporter à manger aux enfants, explique-t-elle sans que je le lui demande. Elle est bonne, madame, ce ne sont pas toutes les patronnes qui permettent aux bonnes de prendre les restes. Elles préfèrent qu'on les jette plutôt que de les donner. Certaines sont méchantes, ti-Ibè, tu sais. On est bien ici à comparer.

« À comparer à quoi ? » me demandai-je intérieurement.

Elle retourne vers la maison sans rien me mentionner. Je continue de nettoyer l'évier après avoir

sorti les poubelles dans la cour à l'endroit que Mme
Suzie m'a indiqué. Je mets une pierre sur le couvert
pour empêcher que les animaux ne viennent fouiller dans les poubelles la nuit.

Mme Suzie revient avec quelques couvertures
qu'elle me tend.

— Tiens, cela va être ton lit pour cette nuit.
Viens fermer la barrière derrière moi, tu n'auras
pas besoin de te préoccuper de la maison. Madame
se couche assez tôt. Monsieur va regarder la télé
pendant un certain temps sans doute et les enfants
n'ont pas le droit de sortir durant la semaine. Mange
et couche-toi, les journées sont longues ici. Je te vois
au matin.

Sur ces mots, je la suis jusqu'à la porte de côté de
la barrière qui grince sur ses gonds et la nuit l'avale
sans que je sache si elle est partie à droite ou à
gauche. Je retourne à la cuisine et prends mon plat
sur le comptoir. J'ai tellement attendu longtemps
que je n'ai plus faim. Mme Suzie m'a laissé pas mal
de nourriture et tout est bon. Je mange debout
quand je me souviens de la table et des deux petites
chaises de la cuisine.

Je m'assois seul, les larmes aux yeux coulent
sur mes joues, ne sachant pas pourquoi je pleure :
la faim, trop contenue, la fatigue du voyage, le
souvenir de ma mère qui me semble déjà si lointain à peine un jour plus tard. Tout cela ensemble
peut-être. Je mange, je pleure, essuie mon nez sur
mon coude et n'arrive pas à finir mon assiette. Je
sors vider les restes dans la poubelle. Le soir est
plus frais, on dirait, et je tressaille. Les ombres me

font peur, je jette un coup d'œil vers la maison qui semble être endormie. Après avoir lavé et rangé mon assiette, j'étends les draps par terre dans le rangement et m'endors rompu de fatigue, la tête pleine d'images, de sensations que j'ai du mal à absorber et à comprendre.

Seul le bruit de la porte de la cuisine me tire de mon sommeil et me fait comprendre, par la voix de Mme Suzie qui m'appelle, que le matin est déjà arrivé, bien qu'il fasse nuit noire encore dehors.

10

Le déroulement des journées

— Plie tes draps et range-les dans un coin, m'ordonne Mme Suzie sèchement, reprenant où elle a laissé hier soir. On n'a pas le temps de paresser ici. Va te laver le visage dehors et reviens vite ! On va aller chercher le pain après.

Je ne sais pas quelle heure il est. Il fait encore un peu noir dehors. On voit le jour dans le lointain. Mme Suzie me tend un torchon pour m'essuyer.

— Garde-le comme serviette pour l'instant, je tâcherai de t'en trouver une dans la maison. Prends le panier qui est là et suis-moi !

Il n'y a encore aucun mouvement en provenance de la maison quand nous sortons de la cour. Elle ferme à clé la porte derrière nous. Nous tournons à gauche, la rue est en partie goudronnée. Je dis « en partie » parce que des morceaux d'asphalte sont partis et il y a des trous ici et là. Quelques-uns sont remplis de terre, la plupart ne le sont pas, ce qui oblige les voitures à se promener d'un bord et de l'autre de la rue afin d'éviter les trous les plus profonds. Tout cela crée une valse entre les autos qui doivent se céder le passage à tour de rôle. Certaines montent même jusque sur une partie du trottoir, forçant les passants à se coller presque aux murs. Je ne me sens pas trop en sécurité, me contentant de suivre de près les pas de Mme Suzie.

— La boulangerie ouvre tous les jours à quatre heures du matin. J'arrive vers six heures et je ramasse le pain.

Elle me présente au boulanger en lui précisant que je suis le nouveau restavèk chez Mme Mirevoix et que je viendrai désormais chercher le pain à sa place. Cela sent bon. Le boulanger et ses employés empilent des tas de pains les uns par-dessus les autres, selon la sorte. Ils les prennent des grands plateaux rectangulaires par plaque de petits pains. Il y en a de toutes les formes : pains ronds, carrés, en forme d'artichauts et j'en passe. Les baguettes sont mises à part debout dans de longs paniers et de grands sacs en papier. Je verrai au fil des jours que tous ces pains sont destinés à différents revendeurs qui passent les prendre pour aller les livrer, soit à leurs clients à domicile, soit pour les revendre au marché. D'autres commerces plus importants viennent les chercher dans des petits camions qui font la navette devant la boulangerie.

— D'ici sept heures, sept heures trente, il ne restera plus rien dans la boulangerie, me signale Mme Suzie.

Le préposé met le pain dans le panier, aucun argent ne change de main. Mme Suzie m'explique que le boulanger s'arrange avec madame. Nous passons ensuite chercher des œufs et nous retournons à la maison préparer la table pour le petit-déjeuner.

Contrairement au souper, la maisonnée déjeune à des moments différents. D'abord les enfants et pas en même temps, ou très rarement, puis monsieur suivi de madame dépendant à quelle heure elle se réveille. Des fois, elle ne prend pas du tout de petit-déjeuner, se contentant d'un café noir très fort.

Le petit-déjeuner se prend sur une table ronde attenante au salon. Mme Suzie met le pain dans un panier au centre de la table et le recouvre d'une serviette, puis met par-dessus une espèce de cloche protectrice, qui ressemble à une grande passoire inversée, pour tenir les mouches éloignées. Elle met du café dans un grand contenant, une espèce de thermos, pour le garder au chaud et elle le dépose sur la table. Elle sort de la confiture et du beurre d'arachides qu'on appelle aussi *mamba*. Il faut que tout soit prêt pour sept heures. Monsieur Julien prend l'autobus pour l'école vers sept heures quarante-cinq et vient déjeuner toujours à la course. Il a beaucoup de difficultés à se réveiller le matin et il est souvent de mauvaise humeur.

— Autant ne pas te trouver sur son chemin le matin, m'avertit-elle. En plus, il n'aime pas l'école, il passera sa rage sur toi pour rien du tout.

Je conserve une note mentale de tout cela.

— Comme il mange à l'école le midi, Mme Mirevoix doit penser tous les soirs à lui laisser de l'argent pour son dîner. Quand elle oublie, il vient me harceler, poursuit Mme Suzie et il essaie toujours d'avoir un peu plus que l'allocation prévue.

Mme Suzie a déjà parlé à madame de lui donner l'argent pour toute une semaine. Elle refuse prétextant que le bon à rien de M. Julien dépensera le tout en une seule journée et elle sera obligée de lui en donner d'autre.

Mademoiselle Justine est plus gentille. Comme son école est moins éloignée, elle reste au lit quelques minutes de plus et prend le temps de manger. Elle passe toujours dire bonjour à Mme Suzie avant de partir pour l'école et en profite pour lui demander ce qu'il y aura pour souper ou de lui faire tel repas ou tel mets qu'elle préfère. Elle semble toujours de bonne humeur et Mme Suzie me dit qu'elle est très bonne à l'école, ce qui fait rager davantage son frère. Mlle Justine vient manger le midi à la maison et, parfois, elle amène une amie avec elle.

M. Édouard, lui, arrive pour déjeuner vers huit heures et lit son journal en mangeant. Il quitte la maison entre huit heures trente et neuf heures moins le quart tous les jours. Je dois m'assurer que sa voiture soit propre tous les matins, donc, tout de suite après la boulangerie et le service de la table. Il faut aussi que je m'empresse de pomper l'eau dans la citerne du toit. L'eau étant rationnée, les vannes ne sont ouvertes dans notre quartier que le matin. Je dois donc actionner un levier situé sur le côté de la maison pour faire monter l'eau jusqu'à un réservoir qui se trouve sur le toit. La pression, m'a expliqué Mme Suzie, n'est pas assez forte, donc la pompe doit être actionnée pour faire monter l'eau dans la citerne.

— Madame, m'avoue-t-elle, voudrait que monsieur achète une pompe électrique, mais entre l'électricité et l'eau, il n'y a pas de concordance. C'est-à-dire à l'heure qu'il y a l'eau, il n'y a pas d'électricité et vice-versa. Donc, acheter une pompe électrique serait gaspiller de l'argent, selon monsieur Édouard.

Je sais que le réservoir est plein quand l'eau commence à couler du trop-plein et me tombe sur la tête. Je remplis les barils dehors près de la cuisine et pompe l'eau dans le réservoir du toit de la cuisine aussi. Je mets de l'eau dans une chaudière et je lave la voiture de monsieur. «Gare à moi, m'a répété Mme Suzie, si j'oublie.» M. Mirevoix déteste conduire une voiture sale, même si elle va se salir dès qu'il quitte la cour, la rue qui passe en avant de la maison n'étant pavée qu'en partie.

À peine cette tâche accomplie, je dois balayer la cour et enlever les feuilles tombées durant la nuit. Des fois, Mme Mirevoix aime prendre son café sur la terrasse et elle déteste voir la cour sale. Il faut faire tout, juste au cas où. Après, j'arrose les fleurs et je dois me tenir prêt à ouvrir la barrière pour monsieur. Par le temps qu'il sorte de la maison, je suis déjà en sueur et fatigué et il n'est pas encore neuf heures. Il faut dire que je suis debout depuis un peu avant six heures du matin.

Entre le départ de monsieur et le réveil de madame, je mange un morceau de pain avec du *dlo kafe*, un café dilué fait avec le restant du marc utilisé pour la maison, en compagnie de Mme Suzie. Elle me donne la permission de mettre du sucre dans mon café. Je m'assois avec elle à la table de la cuisine et elle me donne les instructions pour le reste de la journée.

Après avoir mangé, je dois débarrasser la table du petit-déjeuner, sauf pour le couvert de madame. Quelques fois, tout dépend si elle a beaucoup de choses à acheter, j'accompagne Mme Suzie au marché pour l'aider à transporter les paquets, mais elle doit déjà avoir discuté de ma sortie avec la patronne le soir avant. Mme Mirevoix veut toujours avoir quelqu'un là, à son réveil. C'est comme une petite vacance pour moi, je peux enfin sortir pendant quelque temps. Sinon, je ne suis jamais très loin de la cuisine ni de la cour au cas où Mme Mirevoix ou Mme Suzie aurait besoin de moi.

Avant mon arrivée, Mme Suzie ne pouvait aller au marché tant que madame n'était pas debout, ce qui l'énervait beaucoup. Mme Mirevoix reste parfois dans sa chambre jusqu'à onze heures et quelques fois jusqu'à l'arrivée de Mlle Justine pour le déjeuner. Elle souffre de migraines et, quand elle est en crise, elle n'arrive à fonctionner qu'à grand-peine. En attendant son réveil, je vais faire les lits en m'assurant de ne pas faire de bruit. Je ramasse le linge sale et l'apporte à Mme Suzie pour le laver. Ensuite, je nettoie la salle de bain des jeunes et, si madame n'est toujours pas debout, je sors nettoyer les platebandes autour de la cour.

11

Le marché

Le marché est tout un spectacle, il doit être dix fois plus grand que celui de ma ville. Les marchandises débordent de partout, tant et tellement qu'on peine à marcher dans les allées. De temps à autre, il faut se mettre de côté pour laisser passer les gens venant en sens inverse. Il y a de tout et, dans ce chaos, ce désordre qui semble constant, se perçoit un ordre établi : les volailles avec les volailles ; ici, les légumes et les fruits ; là-bas, la viande à côté des poissons. Je n'aime pas le marché aux poissons, cela sent mauvais. En plus, les mouches ne cessent de vous assaillir. Dans un autre coin, ce sont les grains, riz, pois, café, maïs et farine de blé ; puis, dans un autre, des poissons séchés et salés.

Mme Suzie connaît tout le monde. Elle a ses vendeuses préférées et bien qu'elle soit sollicitée de partout, elle ne va voir que les étals de scs «pratiques».

— Cela fait longtemps que vous ne m'avez rien acheté, madame Suzie, lui lance l'une d'elles.

— La prochaine fois, je vous promets, répond-elle.

Le panier se remplit rapidement et finit par atterrir sur ma tête, mais ce n'est pas aussi lourd que le sac de charbon de ma tante.

Lors d'une pause avant de retourner à la maison, elle m'offre une mangue, que je déguste sans me faire prier. Je la trouve gentille avec moi, Mme Suzie. Nous reprenons le chemin du retour pour arriver avant le réveil de Mme Mirevoix et, comme si elle guettait notre retour, à peine franchie la barrière, on l'entend qui m'appelle.

— Va vite, me supplie Mme Suzie.

Et je pars en courant vers la maison. Je cogne doucement à la porte de la chambre, comme on m'a appris, et elle me prie d'entrer. Elle est encore au lit et m'ordonne sans ménagements de lui faire couler un bain et de demander à Mme Suzie de lui préparer un café et à manger.

— Dis-lui que je vais manger dans la chambre, je ne me sens pas bien.

Comme d'habitude, elle parle comme au travers de moi, sans me parler vraiment. Tout ce qu'elle veut, c'est que je transmette le message à Mme Suzie. Je ne semble pas compter. Je cours l'aviser.

Celle-ci m'a bien expliqué le rituel du bain de Mme Mirevoix : mettre l'eau à bouillir et, pendant qu'elle bout, faire couler dans la baignoire l'eau provenant de la citerne ; revenir chercher l'eau chaude, l'ajouter tranquillement pour bien doser. Madame aime son bain tiède, un peu trop chaud et elle me dispute, un peu trop froid, et elle rouspète aussi. J'en ai fait part à Mme Suzie et, en riant, elle propose de m'acheter un thermomètre. Ce serait bien, mais je lui rappelle que je ne saurais lire la température, m'esclaffant à mon tour. Je dois ajouter de l'huile de bain moussant juste avant d'aller avertir madame que son bain est prêt et attendre qu'elle me renvoie. Dépendant de son humeur, je dois lui frotter le dos parfois et lui faire des massages dans le cou. Cette fois-ci, elle me renvoie à mes occupations et je suis fort heureux de retrouver Mme Suzie.

Mais, je sais très bien que dans quelques instants, je vais apporter à madame son petit-déjeuner et que je n'aurai pas un instant de répit car, dès que je débarrasserai le repas de madame, il me faudra mettre la table avant l'arrivée de Mlle Justine pour le repas du midi.

12

Ma vie à la forge

La vie à la forge n'avait rien de comparable à ce que je vis chez les Mirevoix. Même si à la forge, j'avais des tâches précises à accomplir, la routine du matin était toujours la même. Dès le réveil, à moitié endormi, j'enfilais mes vieux vêtements qui ne tenaient qu'à peine, troués qu'ils étaient de partout. J'allais chercher l'eau à la pompe commune au coin de la rue de façon à remplir les cruches et la jarre d'eau pour nos besoins journaliers. Ensuite, il me fallait remplir le tonneau de la forge pour mon père. Un coup l'eau puisée, j'attisais le feu de la forge en y ajoutant du charbon de bois et je me mettais à la roue du soufflet jusqu'à l'arrivée du Simplet. Je devais m'assurer que le feu soit à point dès que mon père se réveillait et était prêt à travailler, après avoir avalé son café noir.

Ma mère de son côté commençait ses préparations pour le *manje kwit*, installant son étal qu'elle tenait de l'autre côté de la maison qui donnait sur la rue principale. Elle épluchait les plantains, les patates douces, les ignames qu'elle mettait à tremper dans de l'eau salée. Elle faisait de même pour les pois rouges et les pois noirs pour les ramollir avant de les faire cuire. Elle aimait faire plaisir à ses clients, qu'elle appelait ses « pratiques », tout comme Mme Suzie. Ils avaient tous leurs petites préférences et elle aimait gâter ses bons clients. Une fois les préparations terminées, elle filait au port attendre l'arrivée des pêcheurs pour voir si elle pouvait se payer du poisson. Quand c'était trop cher, elle laissait tomber. Aujourd'hui, ce ne serait rien, c'est trop cher. De là, elle partait chez le boucher prendre sa commande de porc et s'assurait que le morceau contenait bien la quantité de couenne qu'elle avait demandée afin de s'assurer d'avoir ce qu'il fallait pour faire son griot, comme elle l'aimait. Puis, elle prenait aussi un morceau de bœuf pour faire un ragoût.

Le boucher profitait toujours de son passage pour faire des farces grivoises et riait à gorge déployée, montrant du coup une horrible dentition. Il lui manquait deux dents en avant. Il aimait aussi pincer les fesses de ses clientes et profitait tout simplement d'un moment pour se frotter à elles, tout en s'excusant de l'exigüité de son étal. Son attitude ne laissait personne dupe et les femmes le repoussaient qui gentiment, qui rudement, en le remettant à sa place. Cela ne l'empêchait pas cependant de recommencer chaque jour son petit stratagème, ce qui provoquait des éclats de rire autant de lui que de ses clientes.

Parfois, quand ma mère était trop occupée, c'est moi qui allais chercher la viande. Le boucher ne semblait pas m'aimer, moi non plus d'ailleurs, surtout quand il s'amusait avec son grand couteau qu'il semblait aiguiser sans cesse en me regardant ou qu'il maniait sa grosse machette qui s'enfonçait dans la chair comme dans du beurre et sans effort. L'étal sentait toujours la viande, tout comme le boucher lui-même, une odeur rance qui avait imprégné les murs avec le temps. Même le bloc de bois, où il coupait la viande, avait pris la teinte du sang et la patine du temps. Il montrait des signes d'usure, courbant vers le milieu sous les coups répétés des couteaux, de la machette et occasionnellement des hachettes. Il était d'ailleurs aussi un client de mon père qui lui réparait une hache au besoin ou lui façonnait quelques couteaux sur mesure. Il venait de temps à autre manger le *manje kwit* de ma mère pendant que mon père aiguisait ses instruments.

Ce que je n'aimais pas en allant chez le boucher, à part l'odeur persistante qu'il dégageait, c'étaient les mouches. Elles vous assaillaient dès le premier pas dans le portique, entrant dans mes oreilles et dans mon nez. Pourtant, elles ne semblaient pas embêter le boucher, s'attaquant plutôt à sa viande. Peut-être qu'elles n'aimaient pas son odeur non plus.

Qui plus est, le boucher me donnait le frisson. Une légende courait à l'effet qu'il serait un loup-garou se transformant la nuit pour aller voler les enfants et même des adultes au besoin et les changeait en animaux pour les tuer. On se questionnait souvent sur l'endroit où il s'approvisionnait et d'où venait sa viande, vu qu'il n'élevait aucun bétail.

Il paraît que quelqu'un lui avait acheté une tête de bœuf pour se rendre compte que le bœuf en question avait une dent en or, alors que tout le monde sait que les bœufs ne vont pas chez le dentiste. Point n'est besoin de vous dire que la nouvelle avait fait le tour du canton, mais personne n'avait jamais questionné le boucher sur la véracité de cette histoire. Lui, se contentait de laisser courir la légende. Toujours est-il que, depuis ce temps-là, je n'avais plus mangé de viande provenant de sa boucherie, comme on dit, pour jouer sur les mots, « les légendes avaient la dent dure ».

— *Eh ti-gason*, vas-tu rester toute la journée campé là ? me cria-t-il.

Sa voix me tira de ma rêverie et me glaça le sang. Je pris le paquet qu'il avait ficelé dans du papier journal enroulé de feuilles de bananier et m'enfuyai à toutes jambes retrouver le confort relatif de la forge. Une vie relativement aisée comparée à celle chez les Mirevoix.

À l'opposé, chez eux, ma vie est en constante agitation. Je me lève avant tout le monde et ne me couche jamais tant qu'un d'eux est debout ou que monsieur n'est pas rentré. Je n'ai guère de répit dans la journée, passant d'une tâche à l'autre sans arrêt. Aucune pause sauf pour avaler une bouchée le midi, et ce, toujours après que tout le monde ait mangé, les couverts sales enlevés et nettoyés.

13

Le garçon

Peu de temps après mon arrivée, j'ai rapidement compris que plus loin je me tenais du fils de la maison, M. Julien, mieux je me portais. Je suis vite devenu son souffre-douleur et je paye pour ses inaptitudes à l'école, les remontrances de ses parents et j'en passe. Il trouve toutes sortes de prétextes pour me frapper ou me pincer en cachette quand je passe près de lui à table, ou ailleurs dans la maison. Il m'interdit de me plaindre à quiconque sous peine de châtiments et de peines plus lourdes.

L'autre jour par exemple, sans raison, j'étais dans la cour, il m'a donné un coup de pied dans la jambe si fort que j'ai dû faire tous les efforts pour ne pas crier de douleur. J'ai boité durant deux jours et j'ai dû mentir pour expliquer mon mal. J'ai essayé d'en parler à Mme Suzie qui a ignoré ma tirade, se contentant de me dire encore et encore de me tenir loin de lui. J'ai beau le faire, il trouve toujours un moyen de me trouver et de me faire mal. D'autres fois, il égare ses affaires et il me frappe en disant que c'est moi qui les vole. J'ai beau arranger sa chambre, cela redevient un fouillis aussi vite. La plupart du temps, les objets perdus finissent par refaire surface, il ne s'excuse pas plus. Pour lui, tout est prétexte à m'humilier. Devant ses amis, il me donne des taloches et me crie des noms, qui attirent leurs rires et leurs sarcasmes. Je suis harcelé sans cesse, « Ti-Ibè, va me chercher ci, va me chercher ça ». Ils me font tituber en me donnant des crocs-en-jambe en passant, ce qui provoque davantage de rires. Même s'ils ont tous à peu près mon âge, je ne suis jamais invité à partager leurs jeux. J'écoute leurs rires de loin et j'essaie de comprendre leurs blagues, mais n'évoluant pas dans leur milieu, la plupart m'échappent ou je n'arrive pas à en saisir leur double sens surtout quand ils parlent français. De temps à autre, il y en a un qui est un peu plus gentil et qui leur demande d'arrêter de me taquiner. Pour la plupart, je ne suis qu'un moins que rien, un souffre-douleur, un restavèk avec qui ils peuvent faire ce qu'ils veulent.

Un matin, M. Julien est resté au lit prétextant être malade pour ne pas se rendre à l'école et Mme Suzie m'a envoyé lui porter un plateau pour son petit-déjeuner au lit. Je rentre dans sa chambre et les rideaux tirés m'empêchent de voir très claire-ment avant que mes yeux s'habituent à l'obscurité. Sa voix me guide vers le lit où il m'ordonne de lui apporter le plateau qu'il me fait déposer sur la table de nuit. Comme je m'apprête à repartir, il saisit mon poignet et attire ma main jusqu'à son sexe tout raidi et la maintient là malgré mes efforts pour la retirer. Il souffle très fort en gémissant un peu.

— Bouge ta main, bondieu, bouge. Ce n'est pas difficile pourtant.

Je ne sais pas trop comment faire et il guide ma main dans un mouvement de va-et-vient tout en bougeant son corps. Je m'exécute tant et si bien que, dans un râlement sans fin, un liquide chaud et gluant sort de son pénis et m'inonde la main, un peu comme ce qui m'était arrivé sur le bateau.

Il me prend le poignet une fois de plus et cette fois en le serrant si fort que je me retiens de pleurer.

— Si tu parles de ça, je te tuerai.

Ne sachant même pas quoi penser, je sors de la chambre tout pantois en essuyant la main sur mon pantalon.

Cela marque le début des sévices sexuels que j'ai endurés de sa part, et bientôt, toute la maisonnée semble s'être passé le mot pour m'utiliser comme et quand bon leur semble.

Je ne peux parler à personne de ce qui m'arrive. Je suis un moins que rien et je n'existe pour personne sur la terre. Je pleure en silence presque tous les soirs. Je suis désespéré. Je me demande s'ils savent, tout un chacun, ce que je suis en train de vivre. Peut-être ignorent-ils chacun de leur côté ce que je dois subir aux mains des autres. Je me sens sale, avili et sans espoir aucun. Je me dis que ça doit faire partie du travail des restavèks, puisque cela semble naturel pour tous de profiter de ma personne comme bon leur semble. Je suis censé être dans une bonne famille, qui doit prendre soin de moi, me nourrir et m'envoyer à l'école. Mais je n'ai rien de tout ça, je travaille du matin au soir avec peu de répit. J'ai toujours quelque chose à faire, dans la maison, dans la cour ou la cuisine. Ça fait déjà plusieurs mois que je suis ici et personne encore ne m'a parlé d'aller à l'école. J'ai toujours les mêmes vêtements que j'ai reçus en arrivant et qui sont déjà pas mal défraîchis et troués par endroits. Je ne peux me tourner vers quiconque. Je suis tout seul dans cette galère. Je ne comprends pas, je n'en peux plus.

14

La fille

Mlle Justine est beaucoup plus gentille que son frère. Elle m'apporte de temps à autre des friandises que je cache pour les moments où j'ai trop faim. Je ne mange que les restes des repas et seulement quand tout le monde est rassasié, la vaisselle et les chaudrons lavés et rangés. Mme Suzie met mon plat de côté et peu importe mon degré de privation alimentaire, elle ne déroge jamais à ses règles : je ne mange que quand tout est fini et qu'elle ou madame décide que c'est fini.

Mlle Justine a pris sur elle, vu que ses parents ne songent toujours pas encore à m'envoyer à l'école, de m'apprendre à lire et à écrire. Pour cela, elle me fait venir dans sa chambre dès qu'elle est là et que j'ai de rares moments de répit, ce qui n'arrive pas souvent. Donc, des fois, elle invente une quelconque besogne à me faire faire pour m'attirer.

Dès le départ, j'ai trouvé les leçons fort intéressantes. Je veux tellement apprendre à lire et à écrire

La fille

que j'oublie tout, ce qui m'attire de temps à autre les
foudres de la bonne ou de Mme Mirevoix.

Mlle Justine se contenta au début de frôler ses
seins contre mon dos innocemment. Parfois, elle
se collait un peu plus, s'appuyant contre moi pour
me montrer comment former telle ou telle lettre ou
effectuer quelques additions. Je ne disais rien. De
fait, je ne savais même pas comment réagir. J'aimais
sentir la chaleur et l'odeur de son corps contre moi
ainsi que son souffle chaud dans mon cou.

Avec le temps, elle devient de plus en plus
hardie, prenant plaisir à ce contact elle aussi sans
doute. La suite commence avec ce qu'elle appelle
« ses jeux de découverte » qui consistent à chaque
fois qu'elle le peut à m'attirer dans sa chambre pour
une raison quelconque, pour « jouer au docteur »,
comme elle dit, même si elle a dépassé l'âge de jouer
au docteur. Elle sort mon pénis, le prend dans sa
main et l'examine dans tous les sens en me disant
qu'elle fait cela pour apprendre pour plus tard,
quand elle aura un mari ou qu'elle sera vraiment
médecin. Cela ne tarde pas à me faire revivre les
sensations que j'avais ressenties sur le bateau. Je
fais de mon mieux pour m'échapper le plus vite
possible avant que Mme Suzie ne s'aperçoive de
mon absence trop longue et s'en prenne à moi,
elle aussi. J'apprécie ces leçons qui m'apportent
réconfort et bien-être. Après ces rencontres, je me
sens toujours prêt à travailler très fort pour pouvoir
rester dans cette maison et me trouver près d'elle.
Je suis bien dès qu'elle rentre afin de profiter de ces
petits moments de répit.

«On continuera la leçon plus tard», me lance-t-elle un soir tandis que je sors de sa chambre.

Une autre fois, elle m'examine à la loupe en me révélant :

— Tu sais, je veux avoir de l'avance sur mes camarades qui, elles, n'auront jamais vu un pénis et qui doivent se contenter de cadavres alors que moi, j'ai un spécimen vivant.

Elle a poussé le jeu jusqu'à inviter une de ses amies à venir m'examiner avec elle. Cette dernière a poussé un cri d'effroi quand, sous leurs manipulations, mon pénis se mit à gonfler sans vergogne.

Ça ne va jamais plus loin que ça, je ne l'ai jamais touchée personnellement et au moins avec elle, j'apprends autre chose. Elle m'enseigne si bien que, même avant d'aller à l'école, j'ai déjà de bons rudiments de lecture, d'écriture et de mathématiques.

15

Le père

M. Édouard a été dur avec moi dès mon arrivée, il est beaucoup plus sévère que tout le monde. Il ne tolère pas la moindre incartade. Toute la maisonnée lui obéit au doigt et à l'œil. Pas moyen de faire la moindre erreur. Le repas doit être servi à une température donnée et à telle heure — qui correspond à celle de son arrivée — ce qui met la bonne dans tous ses états :

— *Pwese ti-gason*[17], le plat va refroidir, garde bien le couvert fermé, fais gaffe.

Il en est de même avec sa voiture, je dois la laver quand il arrive pour enlever la poussière de la rue et il faut qu'elle soit encore propre avant son départ, peu importe le moment. Vu que je ne sais jamais exactement quand, je dois guetter les mouvements de la maison en tout temps pour enlever la ou les dernières feuilles qui oseraient tomber sur la voiture ou lui donner un dernier arrosage, juste avant qu'il ne sorte. Et les feuilles tombent tout le temps,

---

17. Fais vite, garçon.

et il y a toujours un peu de poussière provenant de la rue partiellement asphaltée.

Un soir qu'il est rentré très tard, je n'ai pas entendu le bruit de la voiture. D'habitude, il klaxonne pour que je lui ouvre mais, ne voulant pas alerter la maisonnée de sa rentrée tardive, M. Édouard est venu me réveiller pour que je lui ouvre la grande barrière. Après avoir garé la voiture, je lui ai dit bonne nuit en me dirigeant vers la cuisine retrouver ma natte. Il me dit d'attendre et me fait venir dans un coin de la cour. Il a sorti son pénis et m'a forcé à le mettre dans ma bouche. Il tient ma tête si fortement que j'ai du mal à bouger. Son pénis s'enfonce presque dans ma gorge et j'ai du mal à avaler. Je suis sur le point de vomir et lui, maintient ma tête en place.

— Suce, bondieu, suce, dit-il d'un ton fâché. Tu n'es même pas bon pour ça, *ti-gason*.

Je fais ce qu'il me dit jusqu'à ce que son liquide jaillisse dans ma bouche et m'étrangle presque. Je crache en toussant, alors il me repousse et me prend par le bras en me faisant mal et en me disant, comme son fils, de me taire et de ne rien dire de tout cela à personne. De toute façon, je ne saurais pas trop à qui, ni ce que je pourrais dire à propos de ce qui vient de se passer, ne comprenant pas en fait ce qui venait d'arriver. J'accepte sans broncher cette nouvelle intrusion comme une chose normale de ce qui se passe dans les grandes villes, dans les grandes maisons et comme une extension du travail d'un restavèk.

Je n'ai jamais connu rien de tout cela auparavant, je n'ai jamais entendu parler de telle chose
chez moi, dans ma ville. Je savais que les filles se faisaient mettre enceintes par des parents, des oncles,
des voisins. Mais je n'avais jamais entendu parler de
sévices faits aux garçons. Si cela se passait, c'était
tabou et restait dans le plus grand secret. Quel père
de famille, quel garçon de bonne famille admet-
trait avoir des relations homosexuelles avec son
restavèk.

Cela n'est pourtant que le début de tout ce que
j'aurai à endurer dans les mois à venir en termes
de coups, de blessures, d'abus sexuels par tout un
chacun. Je suis une chose dont on peut disposer à sa
guise. Un restavèk n'a pas de statut, n'est personne,
n'est à personne. J'appartiens à tout le monde. Une
« chose » de la famille. Une quantité négligeable
qu'on utilise à souhait et à toutes les fins.

Madame étant toujours malade, monsieur
rentre souvent tard et je suis devenu, au fil des
semaines et des mois, son petit jouet sexuel. Il a
vite dépassé le stade de la fellation pour celui de la
pénétration. Les premières fois, j'avais tellement
mal que j'ai eu de la difficulté à marcher correctement pendant des jours. Si Mme Suzie avait remarqué des changements dans ma démarche, elle n'a
jamais dit un seul mot. J'appréhendais chaque jour
son retour à la maison et, pire encore, les jours où il
rentrait saoul. Là, il me prenait si violemment que
je saignais des jours durant. Il continuait malgré
mes protestations et me frappait si je lui disais que
j'avais mal.

16

La mère

Mme Mirevoix est souvent malade, au fait, elle est presque toujours malade. Nous ne savons pas vraiment ce qu'elle a. Maux de tête, elle n'arrive pas à se lever le matin, mal au corps, mal à l'âme ? Nous ne savons pas. Elle ne supporte pas la lumière trop vive du soleil, alors il faut garder les rideaux fermés. Sauf certains jours où, par miracle, elle s'active et alors, sortez de son chemin. Cela devient vite des journées de grand ménage, nous ouvrons les volets, retournons les matelas, tout y passe. Il ne faut pas qu'il traîne un grain de poussière, elle devient difficile à suivre et impossible à vivre. Elle nous dit de faire ceci d'un côté et, à peine avons-nous débuté, elle dit de faire cela de l'autre. Nous n'allons jamais assez vite et, entre Mme Suzie et moi, c'est une course folle d'un bout à l'autre de la maison. Dès qu'elle nous perd l'une ou l'autre de vue, elle nous crie de venir la rejoindre bien que nous n'ayons pas encore terminé ce que nous faisions, tant et si bien que le travail se fait en partie partout et n'est jamais achevé nulle part. Avec le recul, je crois que ce qui importe pour elle dans ces moments-là, c'est l'action, se sentir en vie et pouvoir dicter ses volontés à sa guise.

Mme Suzie me répète souvent en cachette, loin de ses oreilles : « Fais tout ce qu'elle te demande, elle va vite se fatiguer. » Et aussi régulière que l'heure de l'horloge, son énergie s'affaisse et Mme Mirevoix s'assoit dans le salon, épuisée. Elle me demande alors de lui faire couler un bain et d'y ajouter de l'eau chaude. Mme Suzie va faire bouillir l'eau tandis que moi, je pars activer la pompe pour monter l'eau jusqu'à la citerne et ensuite remplir le bain. Ce n'est jamais une mince tâche de faire monter l'eau, mais ça fait partie des choses que je dois faire à tous les jours. Vu que l'électricité n'est que sporadique, ce n'est pas toujours possible d'utiliser la pompe électrique que monsieur a fini par acheter pour ne plus entendre sa femme se plaindre. Il me faut activer la pompe manuellement dans un va-et-vient qui peut parfois durer une bonne heure en fonction de l'utilisation qui a été faite de l'eau depuis le matin. Cette activité met mes muscles à rude épreuve.

Je sais la citerne pleine quand finalement le surplus d'eau commence à tomber du toit. Au moins pendant ce temps, l'eau a-t-elle eu le temps de réchauffer pour le bain de Mme Mirevoix. Pour l'occasion, je deviens aussi femme de chambre et l'aide à prendre son bain.

— Retourne-toi pendant que je me déshabille, dicte-t-elle.

C'est toujours la même chanson, puis je dois lui frotter le dos avec l'éponge végétale provenant d'une plante poussant naturellement dans le pays et qu'on achète au marché. C'est un peu rugueux, mais très bon pour la circulation aux dires de Mme Mirevoix. De temps à autre, elle se laisse aller à jouer avec mon sexe elle aussi, avec les mêmes consignes de silence. Je n'ai jamais le droit de rien faire d'autre que de la laisser faire jusqu'à ce que mon sexe demande grâce. Alors, elle me repousse et me fait quitter la salle de bain.

Je ne peux dire si Mme Suzie est au courant de ce que me font subir tous les membres de la famille, ou est-ce normal pour tous les restavèks? Si elle le sait, jamais elle n'en fait mention. Personne n'y prête attention ni n'en parle. Cela semble normal pour tous. C'est ainsi et c'est tout.

À part ces contacts, Mme Mirevoix ne m'adresse guère la parole que par l'intermédiaire de Mme Suzie. Je peux être dans la même pièce et elle va demander à Mme Suzie de dire au *ti-gason* de faire ceci ou cela. Je me pose même la question encore aujourd'hui, si elle a jamais su mon nom, ni monsieur d'ailleurs. Je ne suis rien à leurs yeux, donc je ne peux pas exister vraiment. Me parler ou prononcer mon nom serait me rendre vivant et important.

17

La rigoise

Mme Suzie m'a averti dès mon arrivée qu'à la moindre incartade je subirais les foudres de la maison et me ferais fouetter. Elle s'en est chargée à plusieurs reprises, et ce, dès les premiers jours.

Je dois ranger les chaudières et les ustensiles de cuisine après le repas. Malgré la faim qui me tenaille et la fatigue accumulée, Mme Suzie exige que tout soit rangé avant son départ et avant que je puisse manger. Cela n'aidant pas, je n'ai pas pu mettre les couverts en équilibre sur les étagères et tous les chaudrons du haut ont basculé dans un vacarme incroyable et sont venus choir sur le plancher de la cuisine, non sans me cogner sur la tête en tombant. Elle a accouru en criant et, sans savoir ce qui a pu se passer, elle a saisi la rigoise accrochée au mur et m'administre une raclée. Les plaies dans mon dos mettront plusieurs semaines à guérir et à se cicatriser. Je serre les dents du mieux que je peux pour ne pas hurler. Les larmes coulent sur mes joues comme une rivière sans fin.

Elle m'oblige à tout ranger de nouveau en m'invectivant :

— Arrête de brailler et recommence, et sans bavures cette fois.

Je m'exécute non sans peur, m'appliquant au possible pour ne rien faire tomber de nouveau.

Chaque mouvement provoque le frottement de la chemise sur mes plaies et chaque étirement pour replacer les chaudrons sur les étagères me transmet des spasmes de douleur qui me font grincer des dents. Tous les prétextes sont bons au cours des semaines suivantes pour remettre le châtiment de la rigoise. Mme Suzie est l'exécutrice des sévices corporels dictés par la famille, surtout de Mme Mirevoix. Une fois à l'heure du déjeuner, ma main tremble un peu et en versant le café de madame, j'échappe quelques gouttes sur la nappe. Elle me dit : « Va chercher la bonne », ce que je m'empresse de faire.

Mme Suzie revient et me dit que madame réclame que je sois puni pour avoir échappé du café sur la nappe. J'ai le droit à dix coups de fouet, cinq dans chaque main. Chaque petite erreur devient prétexte à me corriger par Mme Suzie. Jamais par madame ni monsieur qui délèguent cette tâche à la bonne qui, elle, semble y prendre un malin plaisir. Elle me fait dire à chaque fois et à chaque coup qu'elle me donne pourquoi je les reçois. Répète, dit-elle : « J'ai échappé le café sur la nappe », un coup. « J'ai échappé le café sur la nappe », un autre et ainsi de suite.

Une autre fois, madame s'est fâchée contre moi durant son bain. Elle essaie du mieux qu'elle peut de triturer mon pénis qui, ce matin-là, refuse de coopérer. Je suis tellement épuisé que mon corps a décidé de faire la grève. J'ai l'impression qu'elle veut m'arracher le pénis et tire tellement fort que j'ai plus de mal que de plaisir.

— Qu'est-ce qui t'arrive ?

— Je ne sais pas madame, n'osant pas lui dire que je suis trop fatigué.

Elle m'envoie chercher Mme Suzie et je sais déjà ce qui m'attend.

Une minute de retard en revenant des courses, une serviette de travers sur la table, l'auto de monsieur pas assez propre à son goût. Tout ce que vous pouvez imaginer est prétexte à me faire corriger par Mme Suzie.

— Vas-tu finir par comprendre *ti-gason* et te comporter comme il faut ?

Je ne sais même plus comment me comporter ni pourquoi, certaines fois et pas d'autres, je reçois la correction. Ce n'est que lorsque Mme Suzie me fait répéter la raison en me frappant que je sais pourquoi je suis puni. Mme Mirevoix invente, quant à elle, quelque chose d'autre que ce qui m'est arrivé dans la salle de bain.

Mon dos est sillonné des marques de coups de rigoise. Je me suis tellement habitué que ça ne fait plus rien du tout. Comme depuis le premier jour, je ne pleure plus non plus, ce qui fait dire à la bonne que je suis devenu arrogant et sans cœur.

18

Gran'Da

Dans les moments difficiles chez les Mirevoix, je m'évade et retourne en pensée dans ma vie d'avant. Je pense souvent à Gran'Da, ma grand-mère qui me manque beaucoup. Je repense à ce qu'était ma vie d'avant et cela me semble si lointain.

Quelques fois par année, ma mère et moi partions tôt le matin pour aller visiter grand-maman, que j'ai toujours appelée Gran'Da, à la campagne. C'était à une bonne distance de marche à travers la montagne et les champs de culture. J'adorais aller visiter ma grand-mère, sauf que la marche était fatigante et je n'avais jamais rien à faire en arrivant là. Des fois, quand mon grand-oncle, le frère de grand-mère, était en visite aussi chez Gran'Da, il me laissait monter son cheval. Cela l'amusait de me voir chevaucher maladroitement en se plaignant du manque de contact des jeunes de nos jours avec la nature et leurs racines. C'est vrai qu'à la campagne, c'était le seul autre moyen de se déplacer, mise à part la marche. Les jeunes apprenaient donc très tôt à monter à cheval ou à dos d'âne et je me sentais un peu gauche, il est vrai.

Ma mère et moi prenions des chemins qui, une fois la grande route quittée, étaient à peine assez larges pour une personne. Il n'y avait aucune indication. Donc, à moins de savoir où on allait et quel chemin prendre, il était facile de se perdre. Pourtant, ma mère y allait les yeux fermés, tout comme les gens des alentours que nous rencontrions, que nous saluions et avec qui ma mère de temps à autre piquait un brin de jasette.

— Comment va *Sòr* (sœur) une telle, *Frè* (frère) un tel ? Ils s'appellent tous frères et sœurs à la campagne.

— Ah ! l'oncle Gédéon est mort ? Paix à son âme ! s'exclame cette connaissance en se signant. C'est ti-Ibè là ? Mais, c'est un grand garçon maintenant.

Je me faisais flatter le crâne, tâter les biceps, donner des claques dans le dos maintes fois durant le trajet. De temps à autre, je recevais une mangue, une orange, des *quénèpes* ou des sapotilles parfois, dépendant de ce qu'elles apportaient ou rapportaient du marché. J'adorais les sapotilles et les cachimans qu'on ne trouvait que rarement en ville. Pour cela, entre autres, j'adorais ces voyages à la campagne. Il fallait voir l'équilibre de ces femmes portant sur leurs têtes d'immenses paniers de provisions de toutes sortes qu'elles allaient vendre au marché des villes voisines. Presque des bêtes de somme dans ces sentiers exigus, elles s'en allaient les bras ballants, pieds nus sur les rocailles, pipe entre les dents, toute une mécanique en œuvre.

Elles n'abandonnaient même pas leurs charges durant les conversations, car c'était trop dur à remettre en place. Les paniers tenaient en équilibre sur la fameuse «troquette», un rond de tissu posé sur la tête et sur lequel repose la charge en question. Nous rencontrions ainsi des personnes portant des sacs de charbon de bois, des fruits, des légumes et un homme avec une bonne vingtaine de paniers en osier, la moitié le précédant, lui au milieu et le reste le suivant. Un véritable exploit qui me tenait chaque fois en ébahissement.

La montée était parfois raide, mes pieds glissaient sous les cailloux qui roulaient au passage, rendant le paquet que j'apportais à Gran'Da de plus en plus lourd sur ma tête. À mi-chemin, comme de coutume, ma mère s'arrêtait pour une pause chez une amie, le temps d'un café que son hôtesse préparait avec autant de soin et de détails que le thé de la reine d'Angleterre. D'abord, elle allumait le feu de bois, à même le sol entre trois pierres. Elle sortait sa cafetière de visite en fer émaillé grisâtre et, même si le fond était noirci par le charbon de bois, je me rendais compte qu'elle était bien entretenue, pas une égratignure, pas une écaille.

Pendant que l'eau bouillait dans une marmite, on profitait du moment pour faire un brin de causette sur les histoires de la campagne et de la ville depuis la dernière visite. La récolte difficile, la sécheresse, les pluies abondantes, la maladie, les décès, tout y passait. *Sòr* (sœur) une telle a fait ceci, *Frè* (frère) untel a fait cela. C'était un peu comme lire tous les articles des vieux journaux d'un seul coup, de l'histoire ancienne sans importance, mais ça faisait passer le temps. «Tu te souviens de *Sòr* Yvette, eh bien figure-toi»... et c'était reparti.

L'arôme délicieux du café remplissait l'air. Malgré mon âge, je n'avais toujours pas droit au café fort, mais au deuxième café appelé *dlo kafe*, de l'eau de café qu'on servait aux plus jeunes. Ma mère disait toujours que ça nous énerverait de boire du vrai café. Notre hôtesse avait sorti les tasses faites du même matériel que la cafetière et elle déroulait avec soin des petits pains d'une serviette immaculée qu'elle nous servait à tour de rôle. J'avais englouti le mien en moins de deux, sous les regards furieux de ma mère. Aussitôt le café terminé, ma mère se levait, remerciait son amie en l'invitant à venir nous rendre visite en ville. Elle lui lançait l'invitation chaque fois que nous venions ici depuis des années et jamais notre hôtesse n'est venue. Elle la remerciait en disant «je vais venir», mais vous savez, «la grande ville engage des dépenses, et j'aurais besoin d'une nouvelle robe, puis je ne suis pas sûre de me sentir à mon aise là-bas». Comme d'habitude, ma mère n'insistait pas davantage. Nous prenions congé et reprenions le chemin jusque chez ma grand-mère.

Chemin faisant, nous traversions des carrefours, *kalfou* comme on dit en créole. Pour une raison qui m'était encore inconnue, on vénérait les carrefours, les quatre chemins. Quelqu'un était venu déposer durant la nuit une offrande aux *Loas* du carrefour pour attirer des bienfaits ou pour savoir quel choix faire, quel chemin prendre, me précisait ma mère. Le *kalfou*, c'était aussi l'endroit des dangers, ajoutait-elle, le diable nous attendait toujours au carrefour, il fallait donc être toujours vigilant. À l'entendre parler ainsi, j'avais le frisson, malgré l'air chaud des tropiques, comme s'il y avait un courant d'air dans ce carrefour. C'était le choix des chemins de la vie, entre le bien et le mal, le bonheur et le malheur, entre joies et peines. Il nous fallait regarder et faire le bon choix. Ces histoires étaient riches d'une philosophie qui m'échappait et beaucoup plus profondes que mon regard d'enfant pouvait capter et comprendre. Pour moi, il était plus important de regarder à droite puis à gauche avant de traverser pour ne pas se faire renverser par un camion, un chariot ou un cheval. Pour mes parents et leurs parents avant eux, le *kalfou* était un endroit magique, c'est là que vivaient les esprits, bons et mauvais à la fois. C'est pourquoi il fallait prendre soin d'eux et leur laisser des offrandes.

C'était avec toutes ces idées trottant dans ma tête que nous arrivions enfin chez grand-mère. Je faisais les derniers pas en courant jusqu'à elle.

— Il est temps que vous arriviez, criait-elle, en me serrant contre elle. Je pensais que l'*yable* vous avait mangés en chemin.

Aucune étreinte ni baiser n'étaient échangés entre ma mère et ma grand-mère à part un *bonjou maman, bonjou pitit, kouman ou ye*[18]. Vous voyez, on n'était pas très expansif dans la famille. Moi, je ne

---

18. Bonjour maman, bonjour mon enfant, comment vas-tu?

lui demandais pas si Gran'Da le voulait ou non, je me jetais et la serrais contre moi. Je la sentais mal à l'aise, comme si elle ne savait quoi faire de ses bras. Elle me repoussait gentiment.

Ma mère se contentait de grogner quelque chose d'incompréhensible. Elle donnait le paquet qu'elle avait apporté pour sa mère. Grand-mère la remerciait, mettait le paquet à côté de son siège sans l'ouvrir, s'assoyait et sortait sa pipe de son tablier. Elle prenait tout son temps à la bourrer de tabac en feuilles qu'elle tirait de la poche de son tablier. Elle allumait longuement sa pipe et ce n'était qu'alors qu'elle se mettait à parler pour s'enquérir de la route, des nouvelles de la ville et de tout ce qui s'était passé depuis notre dernière visite.

Je réécoutais toutes les histoires dans leurs moindres détails. Grand-mère savourait les dernières nouvelles en secouant la tête de temps à autre et esquissait un sourire ici et là. Quelquefois, elle sortait la pipe du coin de ses lèvres et utilisait le bout comme pour inciter ma mère à clarifier un point ou à préciser un fait.

La peau du visage de ma grand-mère était plissée comme un parchemin froissé. Pas un endroit n'était épargné par les rides courant dans toutes les directions. Il ne lui restait que les deux dents du bas en avant et sa pipe toujours plantée au coin de sa lèvre gauche avait causé un affaissement de ce côté-là. Elle parlait toujours sans l'enlever de sa bouche. De temps à autre, elle cognait le foyer de sa pipe contre la chaise, regardait le fourneau et la replaçait au coin de ses lèvres. La peau de ses mains décharnées était aussi plissée que son visage. Ses doigts noueux étaient encore très fermes parce qu'elle avait cultivé son petit jardin toute sa vie. Ses bras, bien qu'osseux montraient des muscles en pleine forme et elle s'assoyait raide sur sa chaise, la colonne bien droite.

Personne ne savait son âge, ni elle d'ailleurs qui ne s'en souciait guère. Il n'y avait pas de registre obligatoire. Si le père n'avait pas déclaré l'enfant à la naissance ou si l'enfant n'avait pas été baptisé, comme c'était le cas souvent dans la campagne reculée, on ne pouvait que deviner l'âge, sans jamais le garantir. Et puis, cela servirait à quoi, il n'y avait pas de sécurité sociale, ni de pension de vieillesse. Les saisons se passaient entre la plantation et la récolte, entre la naissance et la mort. Le reste du temps, c'était la vie qui se vivait chaque jour du lever au coucher du soleil, à travers les tâches quotidiennement apprises des parents. Ici, on vivait aujourd'hui, pas en fonction d'hier ni de demain, chaque jour suffit sa peine : « *Bon Dye bon* »[19], il n'y a rien à craindre. Ma grand-mère était une grande philosophe, je crois même, à mes yeux, qu'elle avait inventé la sagesse. Rien n'était matière à problèmes chez elle, c'était la vie et c'était tout. Il fallait savoir la prendre comme telle. Elle disait souvent à ma mère : « Vous les jeunes d'aujourd'hui, vous vous faites tellement du mauvais sang pour rien, que vous allez mourir avant le temps ».

---

19. Dieu est bon.

Je regardais souvent mes pieds, n'ayant pas le droit de participer à la conversation des adultes en pensant : « Ah ce que je m'ennuie ! » Il n'y avait pas d'enfants avec qui je pouvais jouer dans le coin et rien d'autre à faire que de s'asseoir, attendre et écouter parler. Mais, c'était comme cela que l'apprentissage se faisait, en écoutant parler les grands. Des fois, je ne suivais même plus la conversation. Perdu dans mes pensées, je partais voyager comme à l'accoutumée en m'inventant des rêves.

Gran' Da était coiffée d'un foulard fleuri aux couleurs incertaines fanées par le soleil, du côté de ses tempes et en arrière on voyait des traces de cheveux blancs. Elle portait une robe en denim bleu délavée depuis longtemps et rapiécée ici et là, qui lui arrivait au bas du genou. Sur sa robe, elle portait toujours un tablier. Pour aussi longtemps que je m'en souvienne, elle avait toujours ce tablier avec deux grandes poches. Celle de gauche contenait son tabac et sa pipe, quand finalement elle la décollait de ses lèvres pour manger ou pour boire. Celle de droite contenait un mouchoir rouge dont elle se servait pour s'essuyer le front ou la bouche. Elle allait le plus souvent pieds nus et j'observais les callosités de ses talons fendillés et ses orteils osseux.

Ma grand-mère avait toujours travaillé dans les champs, cultivant le petit lopin de terre familial avec ses parents lors de leur vivant, prenant leur relève par la suite. Cela assurait sa subsistance et le surplus, elle le vendait à ses voisins ou au marché quand elle le pouvait. Quelquefois, elle faisait du troc, échangeant ses légumes, son maïs, contre quelque chose d'autre que ses voisins avaient en surplus. Cette façon de vivre simplement en autarcie et en relation directe avec la nature environnante lui plaisait. Elle ne connaissait d'ailleurs rien d'autre et ne dépendait de personne. Elle aurait aimé que ma mère, sa fille unique, suive ses traces et reste avec elle. Mais elle avait préféré la ville où tout d'abord, elle était partie pour étudier en pension chez les sœurs. Malgré ses réticences et ses faibles revenus, elle avait accepté quand les sœurs lui ont dit que ma mère était douée d'une grande intelligence et qu'elles lui accordaient une bourse. «Des études? s'était-elle dite alors, qu'est-ce qu'elle va faire avec ça? C'est bon pour les riches, pas pour nous autres gens de la terre. *Gade mwen*[20], je n'ai jamais été à l'école et pourtant j'ai toujours bien vécu. Je ne suis pas riche, mais pas pauvre non plus.» Et puis, elle a rencontré ce bon à rien... Grand-mère n'avait jamais aimé mon père. Il ne venait d'ailleurs jamais jusqu'ici prétextant trop de travail à la forge. Je crois que la seule fois qu'il était venu, c'était pour demander la main de ma mère et encore de force, car elle lui avait dit c'était cela ou pas de mariage. «Si tu étais restée avec moi, la vie serait différente.» «Bien sûr, Grand-mère, me disais-je, la vie serait différente, elle ne peut être la même ailleurs qu'ici.» Quelle logique! Si j'avais dit

20. Regarde-moi.

cela à haute voix, j'aurais mérité une bonne taloche de ma mère. Aussi, me contentai-je de sourire dans mes pensées.

Grand-mère aurait mieux aimé qu'elle épouse quelqu'un de la campagne, attaché à la terre et puis elle aurait été plus près d'elle. Elles auraient pu se voir plus souvent. Au lieu de cela, elle avait abandonné ses études pour épouser une vie de misère avec un forgeron buveur. En plus, elle était obligée de trimer du matin au soir pour faire à manger à son étal de *manje kwit* pour arrondir les fins de mois, tout en s'occupant de sa famille. Ça, c'était le passé et elle préférait ne pas y revenir. Gran'Da aimait sa vie et ne se plaignait jamais. Elle cultivait son tabac, son seul vice, ne buvait jamais et n'avait jamais touché à l'alcool. Elle pouvait encore aller chercher l'eau d'elle-même jusqu'à la rivière, alors, elle n'échangerait sa vie pour rien au monde. Je n'ai jamais rencontré personne qui semblait plus heureuse qu'elle.

Pourtant, à première vue, sa vie se résumait à pas grand-chose : une chaumière en terre battue d'environ trois mètres sur trois, composée d'une seule pièce couverte d'un toit en chaume. Les murs étaient faits de lattes de bois liées ensemble par la terre glaise qui, une fois séchée, était recouverte d'une peinture ocre à l'intérieur et d'une chaux blanche à l'extérieur. Il n'y avait qu'une seule fenêtre et pas trop large, ce qui fait qu'il faisait toujours sombre dans la pièce. Par contre, le peu d'ouvertures gardait la maison toujours fraîche et cela faisait moins d'endroits pour que l'eau et le vent ne s'engouffrent lors des tornades ou des averses torrentielles fréquentes pendant la saison des pluies. Les murs étaient tapissés de découpages de revues diverses que grand-mère aimait regarder. À chaque visite, ma mère lui apportait un lot de revues ou de pages de calendrier de saints divers achetées au cours des ans à la paroisse voisine et venant de France ou du Canada pour la plupart. Ne sachant pas lire, elle aimait regarder les images qui la faisaient rêver et voyager.

Juste à côté de la porte d'entrée, sur la gauche, il y avait une petite tonnelle fermée de trois côtés servant de cuisine/salle à manger/salle de réception pour la visite quand il faisait trop chaud au soleil ou quand il pleuvait. Par beau temps, on s'assoyait en plein air sous le manguier au frais, ce qui veut dire presque tout le temps. La pièce unique de la maison, qui faisait aussi office de chambre à coucher, était dotée d'un petit lit à peine assez grand pour une personne. Sur une petite table artisanale, grand-mère avait installé une cuvette blanche émaillée pour ses ablutions matinales et elle se contentait de jeter l'eau, en ouvrant la porte, au-dehors. Son bain, elle le prenait soit en arrière de la cuisine, soit dans la rivière quand elle allait laver son linge. C'était simple, une vie austère qui lui plaisait bien et qu'elle gardait jalousement. Au fait, elle ne l'échangerait pour rien au monde.

★

Je me suis éclipsé durant la conversation sans qu'elles s'en aperçoivent, j'ai grimpé au manguier et me suis assis sur une haute branche, jambes dans le vide, contemplant les alentours. De mon point de vue, je pouvais voir les champs au loin et sentir monter l'odeur du sol cuisant sous le soleil d'après-midi. C'était tellement beau la campagne, mais c'était aussi tellement petit et le temps passait trop lentement à mon goût. Depuis la maison de grand-mère, il fallait au moins dix minutes pour se rendre chez le voisin le plus proche. Je voyais la fumée monter de sa cour du manguier.

En entendant ma mère crier mon nom, je compris que c'était l'heure de descendre pour le dîner. J'accourus pour trouver un plat fumant de maïs moulu aux harengs saurs salés et une sauce de pois noirs, mes plats favoris. Gran'Da le savait et elle me préparait toujours quelque chose de succulent, à chaque visite.

Assis sur une roche, sous le manguier, mon assiette sur les genoux, je dégustais, plutôt j'avalais, le repas avec joie, sous les regards ébahis de mes deux femmes préférées.

— Ralentis, ti-Ibè, personne ne va t'enlever ton plat, m'avertit ma mère.

J'eus droit à une mangue fraîche et juteuse pour le dessert, que je savourai jusqu'au noyau, puis je me suis allongé au pied de l'arbre pour piquer un somme à même le sol. Repu et la fatigue du voyage aidant, je ne tardai pas à m'assoupir.

Ma mère me tira de mes rêves pour que j'aille à la rivière chercher de l'eau. Je partis donc en sautillant jusqu'au ruisseau à quelque dix à quinze minutes de marche avec le récipient vide, un ancien bidon d'huile et une troquette pour protéger ma tête en revenant.

Il y avait quelques enfants qui se baignaient dans la rivière et je regardais à la dérobée les jeunes filles nues aux poitrines à peine formées qui jouaient à s'envoyer de l'eau dans la figure en frappant la surface des paumes de la main. Elles chantaient, je ne savais quelle chanson, et tournaient en rond en jouant. Je ne me doutais pas de ce pas ce que c'était, mais leur vue avait provoqué en moi un émoi que je ne pouvais alors m'expliquer. Je remplis le bidon d'eau, mis la troquette sur ma tête, pliai les genoux et disposai le bidon en équilibre en m'efforçant de ne pas perdre trop d'eau pour ne pas avoir à revenir trop de fois. Je fis le parcours jusqu'à la maison en un temps record et refis le trajet inverse au pas de course, tant j'avais hâte de voir ces filles qui venaient jeter ce trouble incroyable dans mon corps, comme un courant électrique qui me traversait.

Étant donné que j'avais un peu plus de temps, je me suis assis les pieds dans l'eau et je les ai regardées faire. Se sentant observées, elles chuchotaient entre elles en lançant des regards dans ma direction. L'une était en train de se laver les cheveux, tandis que les deux autres se savonnaient mutuellement tout le corps. Cela me fit un effet inexpliqué. Je sentis mon sexe se raidir dans mes shorts et je n'osais plus bouger de peur qu'elles s'aperçoivent de mon désarroi. Je ne savais plus que faire. Une des filles me demanda mon nom au loin et j'eus peine à balbutier quelque chose. J'ai rempli de nouveau le bidon et me suis enfui du mieux que je pouvais, heureux de n'avoir pas à revenir leur faire face et déçu en même temps de voir la sensation que j'éprouvais s'évanouir loin de leurs regards.

Ma mère s'était mise en tête de prendre le chemin du retour sous peu avant la brunante. Les loups-garous, dit-elle, rôdent dans les parages la nuit tombée. Ma grand-mère nous pria de rester pour la nuit, elle n'avait pas beaucoup de visites. Je suppliai ma mère qui inventa toutes sortes de raisons, les occupations, la maison, mon père. Je suspectais qu'elle voulait surtout rentrer s'assurer que le père ne profitait trop de son absence pour aller courir chez l'une ou l'autre de ses maîtresses ou pour se saouler davantage. Elle finit par céder aux supplications de grand-mère et de mes jérémiades. Gran'Da sortit alors les nattes en plus d'une vieille couverture pour ma mère. On m'envoya chercher des brindilles de bois sec pour réanimer le feu car, dès la nuit tombée, il faisait un peu frais à la campagne, surtout ici, dans les montagnes.

Gran'Da m'avait préparé, pendant que j'étais parti chercher l'eau, un *ben fèy*[21]. « C'est bon pour toi », comme pour me rappeler la leçon qu'elle me faisait à chaque fois : « Ça va chasser les mauvais sorts et te préparer à affronter les choses de la vie. » Je connaissais la tirade par cœur. Elle étirait chacun de mes muscles, mes orteils, mes doigts, me

---

21. Bain de feuilles.

frottait avec les feuilles dont elle connaissait les vertus médicinales et protectrices. C'était le rituel, j'y avais droit au moins une fois l'an.

— Ton corps change, ti-Ibè. Bientôt, tu seras un homme, fais attention à toi. *Ou tande mwen*[22].

— Oui, Gran'Da, répondis-je l'air songeur, me demandant ce que cela pouvait bien vouloir dire.

J'adorais m'asseoir auprès du feu pour entendre les contes de ma grand-mère. Je m'empressai donc de faire la vaisselle qu'on laissa sécher à l'air libre pour être prêt le plus rapidement possible à écouter les contes de grand-mère. Même si je les avais entendus des dizaines de fois auparavant, j'avais toujours hâte de m'y replonger pour retrouver les frissons qui ne manquaient pas de me parcourir l'échine à chaque fois.

Ma mère prépare un *te fèy*[23] qu'elle sucra avec du *rapadou*[24], une sorte de bâton de sucre fait à partir de sirop de canne. Ma mère cogna dur dessus pour casser le sucre. Cela donne un petit goût spécial au thé, que je ne retrouvais que pendant ces visites éclair à la campagne. Nous bûmes le thé accompagné de *komparèts* que ma mère avait apporté de Jérémie, un vrai régal.

Ma mère alluma les deux lampes *tèt-gridap* de Gran'Da dont les mèches en coton rappelaient

---

22. Tu m'entends.

23. Infusion à base de feuilles de plantes.

24. Le *rapadou* est fait de sirop de canne de couleur foncée qui, lorsque refroidi, se solidifie. Le sirop est versé dans un contenant cylindrique appelé *kayet* fait d'une gaine de palmier appelé *tach*.

les tresses des petites filles et même de certaines femmes. Leurs lueurs arrivaient à peine à éclairer l'environnement immédiat. Elle en plaça une dans la chambre et l'autre dehors dans ce qui servait de cuisine.

J'attisai le feu, un peu récalcitrant. Je soufflai le plus fort que je pus pour en venir à bout. La fumée me faisait pleurer des yeux et me suffoquait presque. Le feu prit enfin et nous nous sommes assis autour finissant notre thé en attendant que grand-mère commence les contes, ce qui ne tarda pas. Elle alluma de nouveau sa pipe, en tira quelques bouffées et débuta :

— Tim-tim.

— *Bwa sèch* [25], nous répondions en cœur ma mère et moi.

C'était parti, elle entreprit l'histoire ainsi :

— C'était dans le temps lointain, le temps d'avant le temps, où le temps avait le temps de faire le temps, où le temps avait le temps de prendre le temps. Temps bon, temps doux.

Les histoires se succédèrent et s'égrenèrent les unes après les autres, elles avaient vraiment le goût et le son du temps passé. Elles étaient toutes trans-mises de génération en génération par voie orale surtout, il n'en existait pas beaucoup d'écrites. Elles s'embellissaient au passage du temps, prenaient des accents régionaux où venaient s'ajouter un peu de ci, un peu de ça local pour faire plus vrai. Certains contes étaient souvent parsemés de chants et ceux

---

25. Bois sec.

de ma grand-mère aussi : « *Ti Zandò, ti Zandò, fèy nan bwa konen mwen, Zandò, Zandò*[26]... »

Il y avait toujours de l'abondance et des richesses dans les contes, des trésors cachés qu'on pouvait découvrir sans effort du moment qu'on avait le bon mot de passe. Il y avait toujours une leçon à tirer et une morale. Dans l'ensemble, cela finissait presque toujours bien et se terminait souvent de la même façon dans la bouche des conteurs : « On m'a donné un coup de pied et je me suis trouvé ici pour vous raconter cette histoire », question d'ajouter un brin de vérité ou d'authenticité à l'histoire.

Les rires succédaient aux peurs quand les contes parlaient de loups-garous. Je tressaillais et j'avais froid dans le dos malgré le feu qui nous réchauffait. Il me semblait que chaque arbre de la cour étendait ses bras prêts à venir me chercher, les troncs se changeant en autant de visages menaçants. Je me suis rapproché de grand-mère, comme pour me rassurer et aussi pour m'adosser contre la maison de sorte que mon dos ne soit plus tourné vers la forêt qui semblait s'avancer vers nous dans la nuit. Tremblant comme une feuille, je pris congé des deux femmes et je me suis glissé dans la maison, me jetant sur la natte tendue à même le sol. Je fis un oreiller de mon bras guettant le moindre bruit, jusqu'à ce que le sommeil m'emporte dans ces pays lointains où poussaient des fruits vermeils gros comme des enfants, où la nourriture était abon-

_____

26. Ti Zando ti Zando, les feuilles de la forêt savent qui je suis, Zando, Zando...

dante et où il suffisait d'allonger la main sans effort pour les cueillir. Il me semblait me voir sourire dans ma nuit de rêve.

Dès quatre heures du matin, ma mère me réveilla prête à prendre le chemin du retour. Nous avions eu juste le temps d'avaler un peu de café et de manger un morceau de cassave, une galette faite de farine de manioc. Le soleil se levant tôt sous les tropiques, nous pûmes partir dans la pénombre du matin.

— Prends bien soin de ti-Ibè, ordonna grand-mère à sa fille. Il va être un homme bientôt, en me faisant un clin d'œil complice. Ramène-le-moi, le plus vite possible.

Je la serrai dans mes bras la larme à l'œil et elle me repoussa en disant : « Va », pour cacher les siennes.

Elle et ma mère ne se touchèrent pas plus qu'à l'arrivée se contentant de se dire à la prochaine fois. Elle répéta encore à ma mère la liste de ce qu'elle avait besoin qu'elle rapporte lors du prochain voyage. Ma mère nota la liste mentalement et nous prîmes congé de Gran'Da et de la campagne.

Nous sommes partis les bras chargés de victuailles de son jardin et de ses arbres.

J'ai pleuré en silence pendant un bout du chemin, m'essuyant les yeux subrepticement et me mouchant doucement dans la manche de ma chemise. Je ne voulais pas que ma mère remarque ma peine, elle si stoïque et si distante de ses émotions. Si elle était triste de quitter sa mère, elle ne l'a jamais montré. Elle ne m'a parlé de rien pendant tout le trajet. Si elle avait remarqué que je pleurais, elle n'avait jamais essayé de me consoler. Je lui en voulais un peu, surtout sachant que j'allais partir. J'aimais tellement Gran'Da, je savais qu'elle allait me manquer énormément dans les années à venir.

Ce devait être ma dernière rencontre avec Gran'Da. Elle est décédée durant mon séjour dans la capitale et je ne l'ai appris que deux ans plus tard.

19

L'école

Finalement, après de longs mois d'attente et surtout grâce à l'insistance et à la persistance de Mlle
Justine, qui m'a pris sous son aile en plus de se
servir de moi comme son petit jouet, je vais aller
à l'école du soir. Mme Mirevoix a fini par consen-
tir à m'y envoyer et c'est même Mlle Justine qui
est venue m'inscrire à l'école des restavèks. Mme
Mirevoix m'a imposé la condition, bien sûr, que
tout mon travail doit être fait avant, sinon, insista-
t-elle, je manquerai l'école. Il n'était pas question
que les travaux de la maison souffrent pour qu'un
domestique s'instruise. Et puis, ajouta-t-elle :

— Qu'est-ce qu'il va faire s'il sait lire et écrire ?

Mlle Justine paie le montant requis et donne les
informations pertinentes aux questions auxquelles
je n'aurais pu répondre de toute façon. Elle me
quitte et retourne à la maison en me demandant
de venir tout lui raconter à mon retour.

L'école des restavèks est en fait une école
régulière qui, durant le jour, reçoit des élèves

« normaux » répartis en deux groupes, un le matin et l'autre l'après-midi. Le soir, l'enseignement est consacré exclusivement aux gens de mon espèce qui travaillent dans les maisons des alentours pour des familles différentes. Les restavèks de l'école sont de tous les âges, des plus jeunes aux adultes, tous dans la même classe, tous dans la même situation, sachant lire ou écrire à des degrés différents, à des niveaux différents ou ne le sachant pas du tout. Qu'importe, il n'y a qu'une classe et nous devons nous en accommoder.

Le professeur est bien sympathique, un homme d'un certain âge, maigre avec une petite barbichette clairsemée de quelques poils. Il nous a dit qu'avec lui, nous allions apprendre de gré ou de force et qu'il n'accepterait ni crétins ni paresseux dans sa classe. Il nous promet de faire tout ce qui est en son possible pour nous offrir le minimum d'éducation dont nous aurons besoin pour nous en sortir.

Le premier soir, nous n'avons jamais ouvert un livre ni écrit quoi que ce soit. On a discuté de nous, de nos villes de provenance, de nos familles laissées dans nos coins de pays et des gens chez qui on restait. Le professeur ne porte jamais de jugement, se contentant de hocher la tête ou de la pencher pensivement d'un côté quand quelque chose semble le troubler.

Il nous parle de droits, je n'avais aucune idée de ce que c'était d'avoir des droits. Il nous parle de ce qui est acceptable et ce qui ne l'est pas et quand il dit que nous pouvons demander ceci ou cela, que la loi nous garantit certains droits, tout le monde a pris peur en répliquant que jamais nous ne pourrions faire ceci ou cela à ces bonnes gens qui, dans leur bonté de cœur, nous acceptent dans leurs maisons, nous offrent à manger gratuitement, nous habillent, etc. Il n'insiste pas plus, de peur de nous voir tous abandonner la classe avant même de débuter.

J'étais loin de deviner que j'avais, devant moi, mon futur mentor, mon objecteur de conscience, qui allait changer ma vie dans un futur pas trop lointain.

Il nous pose beaucoup de questions et ne donne jamais de réponses. Êtes-vous bien habillés ? Mangez-vous à votre faim ? À quelle heure vous couchez-vous, vous levez-vous ? Avez-vous un jour de congé ? Nous nous regardons tous en nous demandant où il veut aller avec ses questions. Même sans réponses, nous commençons à comprendre juste à voir nos « attricures ».

L'école est vite devenue mon refuge, mon rempart contre tous les sévices que je subissais au cours de la journée et j'ai décidé de m'appliquer à apprendre à lire et à écrire du mieux que je peux. Mlle Justine s'est aussi mise en tête de vouloir m'aider de tout son cœur. Malgré ses jeux auxquels je commence à prendre goût, elle aime aussi jouer aux institutrices, tant et si bien que je fais des progrès à vue d'œil et que mon professeur m'utilise de plus en plus afin d'aider les autres élèves. Mlle Justine me laisse lire dans ses livres qui sont beaucoup plus avancés que ceux de mon cours. Bientôt, je me découvre une passion pour les chiffres et, là aussi, elle m'aide du mieux qu'elle peut, allant jusqu'à m'acheter des cahiers d'exercices spéciaux pour les mathématiques avec son argent de poche.

Étant donné que les cours ne comportent qu'une seule classe et seulement au niveau de base, je suis devenu rapidement trop avancé pour le groupe. Comme c'est le seul moyen que j'ai de sortir de la maison sans problèmes, je n'ai rien dit à la famille, pas même à Mlle Justine. Le professeur ne peut plus satisfaire ma soif de connaissances et je me rends compte que lui-même est assez limité dans son apprentissage. Il me laisse de temps à autre instruire la classe ou me fait lire à voix haute pour les autres dans les livres que j'ai obtenus de Mlle Justine pour ne pas perdre mon temps. Quelques fois, il m'autorise à ne venir que le temps des présences et je pars tenir compagnie à mes amies qui travaillent au Club.

Lorsque c'est tranquille et que j'arrive là avant les clients, l'une ou l'autre m'apprend à danser, parfois sur des musiques dominicaines endiablées. Elles me font tournoyer si vite que ma tête tourne. J'adore ces soirées que je voudrais sans fin.

Après quelques mois, à perdre mon temps, le professeur me parle d'une autre école où je pourrais aller, qui n'est pas tellement plus loin, mais qui coûte pas mal plus cher. Je doute fort que Mme Mirevoix m'y autorise, mais je me décide quand même à en parler à Mlle Justine qui me rassure :

— Tâche d'être un garçon modèle, fais tout comme il faut et le moment venu, je trouverai un moyen pour que ma mère accepte. Ce sera notre petit secret et tu devras continuer à jouer avec moi.

Ce à quoi je me prête de bonne grâce de toute façon. Elle est douce, et c'est un bon professeur, contrairement à son frère qui, lui, continue sans cesse de me battre et de me faire faire des choses avec lui qui ne me plaisent pas autant qu'avec Mlle Justine. Là aussi, je finis par trouver cela normal et j'y prends même goût, mais je ne le lui ai jamais laissé entrevoir.

Je ne sais pas combien de temps je devrai attendre la décision de Mme Mirevoix, mais je continue les études avec Mlle Justine. Le soir, j'enseigne maintenant plus que le professeur, tant et si bien que je pense sérieusement que, quand et si je quitte la maison, je pourrai devenir à mon tour enseignant. Je range tout cela dans un coin de ma tête me convainquant que les Mirevoix ne me laisseront jamais partir.

L'école me donne beaucoup d'espoir et est vite devenue ma soupape, mon véhicule, me permettant de m'échapper dans ma tête. Elle est cette lueur qui me laisse entrevoir qu'à la fin de la journée la récompense sera grande.

Malgré les efforts de Mlle Justine, sa mère a refusé de payer les quelques dollars de plus qu'il aurait fallu pour me changer d'école. Elle a dit avoir assez fait pour moi : un toit, de quoi manger, des habits. Elle semble cependant avoir oublié que, depuis plus d'une année que je suis là, elle ne m'a jamais rien acheté de neuf. Je porte toujours les restants, les rejets dont son fils ne veut plus, que la bonne récupère pour moi parfois jusque dans les poubelles et qu'elle prend soin de laver. Vêtements qui, soit dit en passant, ne me vont jamais tout à fait, soit trop grands ou trop petits. J'ai même hérité de quelques chemises de M. Mirevoix, trois fois grandes comme moi, mais qu'importe, j'ai l'air plus propre qu'avec mes t-shirts troués que je porte à longueur de journée quand je travaille à la maison.

Je suis peiné de la décision de Mme Mirevoix, mais je n'arrive pas à lui en vouloir. Je me trouve égoïste de ne penser qu'à moi. Je crois sincèrement que je suis ingrat et que j'ai tort de réclamer cette éducation alors que tous les autres domestiques, restavèks comme moi, se contentent de la même école. Certains y sont depuis des années sans guère demander plus, ni progresser beaucoup cependant. Mais aucun de nous ne connaît mieux. Pour nous, c'est la norme.

Je prends donc mon mal en patience et en ai parlé au professeur et à mes amies du Club qui ont même offert de payer pour moi. Mais je ne veux pas déplaire à Mme Mirevoix, de peur que, si elle l'apprend, elle pourrait penser que je vole sa maison pour payer mes cours. Déjà, elle se plaint tout le temps de quelque chose qui manque ou qui dispa-raît et elle accuse qui la bonne, qui moi de les avoir volés, alors qu'elle-même souvent déplace les objets et ils disparaissent ainsi de sa vue. Mme Suzie et moi avons d'ailleurs pris l'habitude de noter ses déplacements et de gentiment lui rappeler. Parfois, nous les replacions aux endroits où ils étaient sans qu'elle ne s'en rende compte. Elle met alors cela sur le compte de ses maux de tête qui lui font perdre la mémoire.

Mlle Justine, quant à elle, continue de me fournir des livres de plus en plus intéressants et difficiles à lire. Elle s'avère être d'une patience d'ange et je lui dois en fait une grande partie de mon éducation scolaire et sexuelle.

20

Le bordel

Pour aller à l'école, je dois passer dans le quartier des Clubs, comme on l'appelle. En réalité, il s'agit plus précisément de bars-bordels qui s'animent à toutes les heures du jour, mais plus particulièrement dès la tombée de la nuit. Je me fais taquiner souvent par les filles qui y travaillent quand je passe devant leur habitation à côté du Club.

Plusieurs parlent espagnol et un peu créole. Les hommes haïtiens, me dira-t-on, sont très friands des jeunes Dominicaines à la peau claire surtout. À part quelques Haïtiennes, la majorité viennent de la République dominicaine voisine et quelques-unes de Cuba. Les patrons des Clubs vont les chercher de l'autre côté de la frontière pour les emmener travailler ici. Leur âge varie de très jeunes femmes, à peine plus vieilles que moi, à d'autres qui me semblent beaucoup plus âgées et qui pourraient être ma mère.

Certaines me disent qu'elles ne sont pas des putains, mais des accompagnatrices et des dames de compagnie, même si elles finissent souvent leur nuit dans les chambres avec leur mec du soir. D'autres ont même des pratiques, des hommes influents de la police ou de la politique qui réservent leur exclusivité. Dès que l'un d'eux se pointe, la fille doit se libérer et ne s'occuper que de lui. De temps à autre, une fille chanceuse, ou malchanceuse selon le cas, trouve un *mac* qui lui promet monts et merveilles et qui quitte le Club pour un appartement où elle passera la plus grande partie de son temps à attendre, ne sachant jamais à quelle heure du jour ou de la nuit il viendra.

Un soir, en allant à l'école, à force de me faire invectiver, je décide de m'arrêter pour parler aux filles du Club. Au fur à mesure, elles ont appris à me connaître et à me prendre sous leurs ailes. Elles m'ont fait confiance et j'ai commencé par leur faire des commissions. Petit à petit, une complicité s'est installée entre nous ainsi qu'un climat de confiance mutuel. Parfois, elles me gardent de quoi manger, me donnent quelques sous que je conserve précieusement à l'abri des regards indiscrets, là où Mme Suzie n'a aucun accès. Avec le temps, certaines se sont prises pour ma mère, s'inquiétant de ne pas me voir passer de façon régulière. Elles sont vite devenues mes confidentes, témoins de mes malheurs et des abus que je subissais aux mains de la famille. Elles écoutent toujours sans juger, me prodiguant des caresses et des mots d'encouragement.

Après quelques semaines de fréquentation, je suis admis dans leur cercle. Elles me laissent entrer dans la cour de leur maison. Ces filles habituées à se déshabiller n'ont aucune gêne à s'exposer devant moi en culottes et soutiens-gorge et parfois même sans soutien-gorge. J'étais mal à l'aise au début, ne sachant où regarder, mais je me suis vite adapté et j'en suis venu à considérer la chose comme normale et à ne pas prêter attention qu'elles fussent habillées ou non.

Grâce à elles, les jours à la maison sont devenus plus vivables, car je sais qu'en allant à l'école le soir, je peux toujours arrêter les voir, ne fussent que quelques minutes. De temps à autre, certaines filles disparaissent pour être remplacées par d'autres, plus jeunes ou plus belles. Je ne comprends toujours pas et j'évite de poser trop de questions, auxquelles il n'y aurait pas de réponse de toute façon. Quand j'insiste pour savoir ce qui est arrivé à telle ou telle, je me fais dire qu'elles sont en voyage ou tout simplement retournées dans leur pays, parents malades ou autres inventions du genre. Ce n'est que beaucoup plus tard que j'ai vraiment compris l'objet de leur travail et que j'ai appris qu'elles tombaient simplement en défaveur. Alors, elles étaient renvoyées chez elles, parce qu'elles étaient enceintes ou juste mises à la porte pour un prétexte quelconque. Elles se retrouvaient dans la rue à faire d'autres formes moins gratifiantes de prostitution.

Je n'étais pas autorisé à entrer dans la chambre des filles cependant. C'était interdit par le patron. Aucun homme ne doit fréquenter les chambres en dehors des heures de travail, ni sans passer par les voies normales, soit le bar et la caisse du patron. Aussi, je m'assois, la majeure partie du temps que je passe avec elles, dans la cour dehors. Il m'a fallu bien du temps pour comprendre leur travail. Elles m'appelaient *querido, cariño,* Ouberto. Lorsque plus tard, je pus entrer dans le saint des saints du bar, je ne les reconnaissais même pas, tellement elles étaient transformées par leur maquillage et leurs robes moulantes et aguichantes du soir. L'une d'entre elles, je me rappelle, est venue vers moi pour me signifier « Ouberto, c'est moi, une telle », sinon, jamais je n'aurais pu dire qui c'était. Mais au fil des jours, j'ai appris à les reconnaître avec ou sans fard. Elles ont obtenu du patron la permission que je puisse entrer dans le bar, à condition de me tenir loin de l'action et de ne gêner en rien le mouvement de clients ni de m'adresser à personne. Je me fais donc très petit et, de toute façon, je ne reste jamais longtemps, sinon j'aurais à subir les foudres de la maison à mon arrivée, comme si toutes leurs vies dépendaient de moi et, dès que je m'absente, qu'elles arrêtaient. Même si je n'ai rien à faire, ma présence est requise juste au cas où un membre de la famille aurait besoin de mes services.

Ainsi se passent mes journées, avant le lever du jour jusqu'à la tombée de la nuit. Je ne dois jamais être couché avant les autres, même si je tombe de fatigue. Selon les habitants de la maison, je n'ai pas le droit d'être fatigué, car selon eux, je ne fais rien de la journée, comme si tous les travaux de la maison et de la cour se faisaient tout seuls. Je suis logé, nourri, je dois donc me sentir heureux en comparaison de tous les autres enfants qui crèvent de faim dans les campagnes ou dans les rues.

Les filles sont ainsi devenues ma famille, mes confidentes et même ma banque. J'avais peur de garder à la maison l'argent qu'elles me donnent, étant donné que je ne suis censé en gagner d'aucune façon. Je me suis arrangé avec l'une d'elles pour protéger le peu d'argent que je recevais pour faire leurs petites courses. De temps à autre, je subtilise un peu d'argent du portefeuille de madame que je lui donne à garder, négligeant toutefois de lui dire la provenance. Elle ne me questionne jamais, se contentant seulement de me dire qu'elle le conserve précieusement pour moi.

— À ce rythme-là, me dit-elle un soir, tu pourras avoir assez d'argent pour retourner voir ta mère.

Ce dont je ne me doutais pas, c'est que, de temps à autre, elle y ajoutait quelques dollars à mon insu.

La vie du bordel est bien réglementée, chaque fille a sa pratique qui vient régulièrement la visiter, surtout le soir et rarement le jour. Quelques filles remarquables ont des clients qui les envoient chercher en voiture et qui partent pour des destinations inconnues de moi, ce qui m'intrigue au plus haut point. J'ai beau les questionner à leur retour, je n'ai jamais pu obtenir une réponse qui satisfasse ma curiosité. Même si elles sont libres de sortir et de faire ce qu'elles veulent durant le jour, peu d'entre elles quittent l'enclos de la maison du Club. Les raisons sont diverses, soit qu'elles ne parlent pas la langue, soit qu'elles n'ont tout simplement pas d'autre endroit où aller. Le jour est consacré à leur repos, au lavage, au lissage des cheveux, à la pose d'ongles suivie du vernissage de ceux-ci, à la préparation de nourriture qu'elles partagent, prenant soin de toujours garder quelque chose pour moi, juste au cas où je passe. Elles se relaient pour s'entraider selon les expertises de chacune, l'une coiffant l'autre ou faisant sa manucure.

Au fil du temps, je finis par être admis dans les chambres, le patron me trouvant sans doute bien innocent. J'y suis entré d'abord sur la pointe des pieds, les filles se promenant dans des états de nudité plus ou moins avancés et sans gêne aucune. Je ne suis pas accoutumé de voir des femmes dévêtues, mais je m'y suis habitué sans peine et cela devient tout à fait normal de les voir déambuler ainsi. Je fais partie de la famille pour ainsi dire, j'ai même surpris un jour deux d'entre elles dans le même lit en train de s'embrasser, une première encore pour moi. J'allais sortir quand elles s'interrompent :

— Tu vois Ouberto, ce n'est pas contre nature, les hommes qui viennent ici ne peuvent pas nous donner la même affection qu'on se donne. Pour eux, c'est passager, alors entre nous, nous nous prodiguons l'amour et la tendresse que nous ne trouvons pas la nuit.

Quelques fois, j'ai participé à leurs jeux et elles ont trouvé que j'étais doué. Je n'ai jamais osé leur dire que j'ai acquis un peu d'expérience avec différents membres de la famille Mirevoix. À leur tour, elles m'apprennent toutes sortes de choses que je ne pensais pas possibles. Mon éducation et mon épanouissement sexuels se sont faits aussi à travers elles.

21

Tout bouge

Je suis en train d'essuyer les meubles et les bibelots quand, soudainement, tout se met à trembler
autour de moi. Les statues qui se trouvent en haut
de l'armoire tombent et se cassent en mille miettes.
Je reste figé quelques secondes. Mme Mirevoix crie
à tue-tête comme une folle, mais je n'arrive pas à
comprendre ce qu'elle dit. Je me précipite vers sa
chambre, la porte est coincée et j'ai de la difficulté à
me tenir debout, toute la maison tangue comme un
bateau sur la mer. J'entends Mme Mirevoix pleurer
à travers la porte. Je lui crie d'ouvrir, elle ne réagit
pas. La terre continue de bouger, les choses tombent
de partout et je crois que je vais mourir. D'un coup
d'épaule, je parviens à ouvrir la porte. Madame se
trouve prostrée dans son lit incapable de bouger. Je
dois l'extirper de là. Cela me semble durer une éternité, le toit grince, les meubles bougent d'un bord
et de l'autre des pièces. La maison est un bateau
voguant sur une mer en folie. Je peine à sortir de
la maison. Je tiens Mme Mirevoix dans mes bras et

l'emmène au milieu de la cour au cas où la maison s'écroulerait.

Tout d'un coup, ça s'arrête comme c'est venu. Une éternité dans quelques secondes. Madame tremble comme une feuille et pleure comme une enfant. Je ne sais que faire, les enfants sont à l'école, M. Mirevoix au travail et la bonne est partie faire quelques courses avant le souper. Je la console du mieux que je peux en la berçant tout doucement dans mes bras. Je n'ose pas retourner dans la maison chercher une chaise de peur que ça recommence. La terre continue d'avoir des soubresauts. Du coin de l'œil, je remarque que la maison tient encore debout. Les gens crient, pleurent à travers la clôture et je les entends courir en priant et en hurlant. Des relents d'angoisse venant de la rue et des environs déchirent mes entrailles. Le ciel est couvert de poussière. Il fait nuit en plein jour. Je n'ai aucune idée de ce qui se passe, ni ne suis conscient du drame qui se déroule en dehors des murs. La cuisine est fendue en deux et une partie du toit s'est effondrée dans l'autre.

« Mme Suzie va être furieuse, pourvu qu'elle ne pense pas que c'est de ma faute. » Je n'arrive pas à m'expliquer ce qui vient de se passer et ce qui a causé un tel choc, ni comment cela s'appelle. Pourquoi les gens sont-ils dans un tel émoi ? Tous ces cris de désespoir de plus en plus forts qui me parviennent par-delà le mur augmentent ma peur. Le monde est-il en train de se détruire ? Y a t-il une guerre ? Je n'entends pas de coups de feu, seulement des plaintes, des gémissements et des cris mêlés à des chants. Je ne peux le demander à Mme Mirevoix, elle est devenue muette. Même si elle a arrêté de pleurer, elle se tient immobile contre moi. Nous sommes ainsi depuis une éternité. Je l'amène tout doucement vers le seul mur de la cuisine qui est resté debout et, prenant mon courage à deux mains, je retourne dans la maison chercher une chaise et une couverture. Tout est par terre : le vaisselier, l'étagère qui contenait les figurines de Mme Mirevoix, «ouille qu'elle va être furieuse». J'attrape la couverture qui est sur le lit, la jette sur un fauteuil que je lève avec peine par-dessus ma tête, étant impossible de le traîner jusqu'à la porte. Le sol est jonché d'objets qui entravent ma progression. On dirait qu'un enfant tapageur est passé par là et a tout secoué sur son passage. Je plante la chaise en plein milieu de la cour et je vais chercher Mme Mirevoix, toujours sans réactions. Je l'installe dans le fauteuil et l'enveloppe de la couverture. Elle demeure immobile, les yeux regardant droit devant elle dans le vide comme si elle vient de voir le diable en personne ou la mort en face. Cette dernière pensée n'est pas loin de la vérité. Ce que je ne sais pas encore et que je ne saurai que plus tard, c'est que je viens de vivre un tremblement de terre qui, en quelques secondes, a soufflé la vie de plus de 300 000 personnes. On ne saura jamais le nombre exact.

Voulant savoir ce qui se passe au dehors, j'ouvre la petite porte de côté de la grande barrière et tout ce que je vois, c'est un nuage de poussière qui change le jour en nuit et j'entends des gens qui pleurent et qui gémissent sans pouvoir voir, ni dire d'où ça vient. Je remarque que quelques maisons d'en face se sont effondrées, mais je ne peux voir guère plus loin. Comme je ne peux laisser Mme Mirevoix seule dans la cour, je referme la porte et reviens m'asseoir près d'elle, lui prenant la main sans savoir quoi faire. Le temps s'est arrêté, on dirait. À part quelques soubresauts de la terre qui me font paniquer à chaque instant, tout semble calme. Pas un coq ne chante, pas un bêlement de chèvres, un chien au lointain hurle à la mort. Une atmosphère bizarre de fin du monde plane sur nous. Je ne sais que faire, je n'ai ni faim ni soif. Juste peur. Une peur indicible que je ne peux pas comprendre, incapable que je suis d'appréhender ce qui arrive, ni de mesurer l'ampleur de ce qui vient de se passer.

Et si personne ne revient, me dis-je, que vais-je faire ? Comment vais-je prendre soin de Mme Mirevoix ? Je ne sais pas cuisiner, je n'ai pas d'argent. On a un peu de nourriture dans le congélateur et le réfrigérateur, mais il n'y a plus d'électricité depuis le choc. J'observe tout, autour de moi. Il doit y avoir une fissure dans la citerne, car l'eau coule du toit et, à ce rythme, il n'en restera plus bientôt.

Je ne sais combien de temps nous sommes restés ainsi assis. La nuit est tombée depuis longtemps et les cris continuent de plus belle. J'ai cru comprendre à travers les bruits provenant de derrière la clôture, qu'il y a pas mal de morts dans le quartier ou encore des gens prisonniers des décombres, tellement j'entends d'appels à l'aide.

La première arrivée est Mme Suzie, toute blanche des pieds à la tête, on aurait dit une morte vivante. Ses vêtements sont déchirés comme si elle venait de se bagarrer. Elle a la même lueur dans les yeux que Mme Mirevoix. J'accours vers la porte à sa rencontre.

— Ti-Ibè, Dieu soit loué, tu es vivant, clame-t-elle, en me sautant dans les bras.

Jamais auparavant, elle ne m'avait serré contre elle, ni montré aucun signe d'affection.

— Et madame, elle est en vie ?

Je lui ai raconté ce qui est arrivé aux meubles, en lui répétant que ce n'était pas de ma faute et que madame ne parle plus depuis.

Elle me rassure en répliquant :

— Je sais que ce n'est pas de ta faute, Ti-Ibè. Ce que nous venons de vivre, c'est un tremblement de terre, il y a des morts partout. On me dit qu'en ville tout est brisé, des quartiers entiers sont démolis. Le palais et les édifices du gouvernement se sont effondrés. On ne sait même pas si le président lui-même est encore en vie. Les radios ne fonctionnent presque plus, donc pas de nouvelles qui circulent, à part ce que les gens rapportent dans la rue.

Elle parle tellement vite comme si elle voulait faire sortir tous les mots qu'elle a dans la tête en même temps. Elle pousse tout à coup un cri d'angoisse qui me glace le sang et se met à pleurer, pleurer et pleurer. Je m'approche d'elle et la prend dans mes bras. Elle sanglote à chaudes larmes demandant pourquoi au Bon Dieu :

— Penses-tu que nous avons besoin de ça ? (Elle lève les yeux vers le ciel.) Pourquoi, oh pourquoi ?

Je lui tapote le dos tout doucement pour la calmer. Mais elle repart de plus belle et, entre les sanglots, crie :

— Je ne peux même pas m'en aller chez moi, il n'y a pas de *taps-taps* qui circulent. Avec les débris partout, il vaut mieux rester ici à l'abri dans la cour, remarque-t-elle se débarrassant de mon étreinte. Je ne sais même pas si mes enfants sont en vie. As-tu des nouvelles de M. Mirevoix, Mlle Justine et M. Julien ? continue-t-elle.

— Non.

Elle se précipite vers le milieu de la cour :

— Mme Mirevoix, m'entendez-vous ? Est-ce que ça va ?

Elle reste impassible, respirant à peine. Elle a les yeux ouverts, mais ne semble rien voir, tétanisée.

— C'est un tremblement de terre, madame, il y a des morts partout, le quartier tout entier est détruit, il reste à peine une dizaine de maisons debout et la vôtre est une de celles-là, lui dit-elle d'une voix douce et rassurante. Il y a des gens pris sous les décombres des maisons et des volontaires, à mains nues, aident des inconnus à sortir sous le béton qui les emprisonne. Il y a aussi des voleurs partout, je n'arrive pas à croire que, même dans une catastrophe pareille, il y a des malfaiteurs pour profiter de l'occasion pour voler et piller. Que Dieu nous vienne en aide, poursuit-elle en faisant le signe de la croix. Ti-Ibè, assure-toi de garder la porte de la clôture bien fermée pour pas que des inconnus nous envahissent. À quelques maisons plus bas, ils ont déjà embauché une garde de sécurité armée qui se tient devant leur porte. Je vais en parler à monsieur dès son arrivée. Viens, on va sortir des matelas et des couvertures, termine-t-elle de son ton autoritaire habituel en m'entraînant dans la maison.

Elle n'a pu retenir un cri d'effroi en voyant son état.

— Ti-Ibè, il va falloir être fort et je vais avoir vraiment besoin de toute ton aide pour nous sortir de là. La vie va être dure pendant un temps, surtout si madame reste dans cet état-là et ne sachant pas si monsieur ni les enfants sont vivants. Tu me comprends, ti-Ibè ? Est-ce que tu me comprends ? répète-t-elle en sanglots de nouveau.

Je fais oui de la tête et, rasant les murs, nous entrons dans la chambre de Mme Mirevoix que j'ai quittée il y a à peine quelques heures, bien que cela m'ait paru une éternité. Comme dans le salon et la salle à manger, tout est sens dessus dessous, les tiroirs des commodes sont ouverts. Des meubles sont déplacés çà et là. Un miroir s'est décroché du mur et est réduit en mille miettes. On dirait que quelqu'un a volontairement tout saccagé. Je me demande comment nous allons faire pour remettre tout ça en ordre et je n'ai même pas encore vu tout le reste de la maison. Nous nous frayons un chemin jusqu'à la chambre et, de peine et de misère, nous sortons le matelas du lit au même moment qu'une autre secousse nous cloue sur place. Elle ne dure que quelques secondes, mais elle crée autant de petits instants de panique.

Nous traînons le matelas dans la cour entre la maison et la cuisine, et retournons en chercher un autre. Mlle Suzie repart dans la maison d'où elle ressort les bras remplis de couvertures et d'oreillers. J'accours vers elle pour l'aider et, sans dire un mot, nous faisons le lit et aidons Mme Mirevoix à s'y allonger. Elle se laisse faire comme une enfant et Mme Suzie me regarde l'air inquiet, ne sachant comment l'aider davantage. Elle me demande de la surveiller et elle part inspecter les dégâts dans la cuisine pour voir sans doute s'il y a moyen de faire à manger. Je l'entends pousser un cri de terreur devant les dégâts. Je l'entends fourrager dans la cuisine, replaçant sans doute les casseroles et les chaudrons tout en maugréant à travers les dents. Même s'il n'y a pas d'électricité, la cuisinière fonctionnant au propane, s'il n'y a pas de dommages, au moins elle pourra faire un repas.

La cour semble être plongée dans une atmosphère féerique, des nuages de poussière flottent encore dans l'air. Malgré notre isolement relatif du mur et de la barrière, j'entends toujours des cris d'horreur et de chagrin. Je pressens que des drames se jouent hors de ces murs, mais je suis incapable encore d'appréhender l'horreur de ce qui se vit à l'extérieur. Ce n'est que deux jours plus tard que je pourrai évaluer l'ampleur et l'immensité des dégâts causés par ce séisme de quelques secondes à peine.

La nuit tombe plus rapidement que d'habitude, le ciel étant obscurci par la poussière qui rend la respiration difficile. Mme Mirevoix se plaint un peu, je lui demande si ça va et si elle a besoin de quelque chose, mais aucune réponse ne sort de sa bouche ni aucune réaction, de son corps. Elle ferme les yeux quelques secondes et les ouvre aussitôt, scrutant le vide en jetant des regards furtifs vers la barrière comme si elle avait hâte qu'elle s'ouvre pour laisser entrer ses enfants et son mari, dont nous sommes encore sans nouvelles. Je vais voir si Mme Suzie a besoin de mon aide. Je ne sais quoi faire assis ainsi à ne rien faire, à ne rien voir. Elle me dit :

— Non, reste avec madame.

Je ne peux même pas penser au-delà de ce que je vois. Je suis tout de même inquiet pour mes amies du Club, le professeur et les amis de l'école.

Quelqu'un cogne à la barrière, je cours chercher Mme Suzie.

— Qui est-là ?

— Nous cherchons de l'eau, répond la voix de l'autre côté.

— La citerne est cassée et l'eau s'est répandue, réponds-je, nous n'en avons pas.

— Auriez-vous quelque chose à manger alors ?

— Attendez, dit Mme Suzie, en repartant vers la cuisine.

Elle revient avec un grand pain long et quelques bananes. Elle me fait signe d'ouvrir la porte juste un peu et tend les victuailles sans regarder à qui elle les donne.

— Il faut faire attention tout de même. Si les gens savent que nous avons à manger, il y en a qui peuvent entrer et nous tuer, juste pour ça. Si tu voyais, ti-Ibè, ce qui se passe dehors, tu n'en croirais pas tes yeux. Les gens pillent les commerces ébréchés par le tremblement de terre et ramassent tout ce qu'ils peuvent. C'est l'anarchie et le chaos partout.

Elle rejoint sa cuisine et moi, ma place pas loin de madame en attendant la suite.

Malgré la toiture effondrée de la cuisine, Mme Suzie a pu tant bien que mal concocter quelque chose à manger. En dépit des supplications de la bonne, Mme Mirevoix refuse d'avaler quoique que ce soit et n'a toujours pas dit un seul mot depuis le séisme. Nous finissons de manger en silence et après, nous rangeons la vaisselle dans la cuisine.

— Nous nettoierons tout ça demain, dit Mme Suzie, contrairement à ses habitudes.

Elle s'allonge à côté de Mme Mirevoix sur le matelas, caressant ses cheveux pour la calmer. Je prends place sur l'autre matelas. Nous restons toute la nuit dehors presque sans dormir, enveloppés par la peur et les cris qui nous parviennent sans cesse du dehors de la cour. Au matin, nous sommes encore sans nouvelles de monsieur et des enfants. Mme Suzie craint le pire, car bien des édifices du gouvernement et bien des écoles se sont écroulés. Elle me raconte que c'est comme si des bulldozeurs géants avaient décidé d'écraser les rues. Elle s'en est échappée parce qu'elle était au marché en plein air. Si elle avait eu le temps de se rendre au supermarché, elle serait sans doute morte, car celui-ci s'est effondré aussi. Elle l'a vu en passant. Les étages se sont aplatis les uns sur les autres, affaissés comme des crêpes.

Elle me fait part de son angoisse de ne pas savoir toujours ce qui est advenu de ses propres enfants ni de sa famille. Il n'y a pas de téléphone chez elle et, même si elle en avait, les communications sont coupées. Elle a un portable, mais ça n'a pas sonné depuis le tremblement de terre.

On cogne à la petite porte d'entrée au petit matin, je vais chercher Mme Suzie qui s'affaire encore dans la cuisine.

— Qui est là?

— C'est Mlle Justine.

J'ouvre la porte et elle se jette en pleurant dans les bras de Mme Suzie. Elle me serre aussi dans ses bras avant de se précipiter vers sa mère en sanglotant.

— Dieu soit loué, maman, tu es vivante, dit-elle en la berçant! Ça va aller, je suis là maintenant.

Elle demande à Mme Suzie si on a des nouvelles de son père et de son frère.

— Non, répond-elle.

— Je crains le pire, l'édifice où mon père travaille s'est effondré ainsi que l'école de mon frère. Elle dit tout cela à voix basse, loin des oreilles de sa mère.

— Quant à moi, j'étais sortie de l'école et étais dans la cour quand c'est arrivé. J'ai passé la nuit dehors chez une amie qui n'habite pas loin de là. Une partie de l'école s'est écroulée ainsi que les murs de l'enceinte, mais il ne semble pas y avoir eu de victimes.

Avec l'aide de Mlle Justine, nous avons déménagé le matelas de Mme Mirevoix au-dessous d'un arbre et nous avons tendu une bâche de plastique que M. Mirevoix utilise parfois pour recouvrir sa voiture et la protéger du soleil. Cela fait l'effet d'une tente. Au moins, s'il se met à pleuvoir, Mme Mirevoix sera à l'abri.

Sur les entrefaites, Mme Suzie part chez elle s'enquérir de sa famille. Elle ne sait pas quand elle sera de retour. Tout dépend de la situation des *taps-taps* et de ce qu'elle constatera en arrivant.

Mlle Justine me raconte en détails ce qu'elle a vu et ce qu'elle a vécu :

— Il y a des cadavres partout dans les rues et les chiens s'y attaquent déjà. Plus de la moitié de la ville est détruite, surtout les habitations les plus précaires. Nous en parlions récemment, lors d'une discussion à l'école sur l'architecture locale, et nous nous disions que nous finirions par payer le prix de notre amour pour le béton.

Mme Suzie est revenue finalement vers la fin de la journée accompagnée de ses deux enfants. Elle était très heureuse de les avoir retrouvés en vie chez des voisines. Sa petite maison, bien que fragilisée, a résisté tant bien que mal elle aussi.

Ce n'est que le troisième jour qu'enfin nous retournons dans la maison, et tous les trois ensemble. Nous avons remis la maison en ordre, du mieux que nous avons pu. À part quelques fissures, la structure a bien résisté au séisme. Tous les verres et une partie de la vaisselle n'ont pas survécu, ni les bibelots de Mme Mirevoix.

— Au moins, nous sommes en vie, répète Mlle Justine.

Sans nouvelles du père et du fils après ces trois jours, Mlle Justine annonce à sa mère qu'il faut se rendre à l'évidence et qu'ils sont morts. Mme Mirevoix ne réagit toujours pas, se contentant de regarder toujours le vide en restant muette. Dès que la situation dans les rues se calmera, elle ira s'enquérir auprès du Ministère et de l'école de son frère.

Petit à petit, la vie reprend son cours malgré les décès de M. Mirevoix et de M. Julien, dont on n'a pas pu récupérer les corps. Les autorités ont dû les avoir emportés à la fosse commune de peur des maladies.

— Quelle triste fin que de ne pouvoir enterrer ses proches! déplore Mme Suzie.

Quand j'ai pu finalement sortir de la cour au bout de quelques jours dans le quartier, je suis resté bouche bée, tellement la destruction était grande. Je suis allé jusqu'au Club, les filles étaient toutes en vie. À peine quelques égratignures et une qui a foulé sa cheville en essayant de courir avec ses talons hauts. Leur maison a subi quelques dommages, mais reste habitable. «C'est la désolation partout, ça va prendre des années, pour rebâtir tout ça.»

22

La rue

Cela fait plus deux ans, presque trois que je suis chez les Mirevoix. Tout ce temps sans nouvelles de mes parents. Je pense à ma mère et voudrais pouvoir lui écrire, maintenant que je sais lire et écrire, mais qui lui lirait ma lettre et à qui la confier ? Je pense aussi souvent à Gran'Da. Si je mets un peu d'argent dans une enveloppe pour ma mère, qui me dit qu'elle le recevra ? Ainsi, les jours et les mois se succèdent sans que je puisse le faire. La tante qui m'avait emmené chez les Mirevoix a disparu presque aussi vite qu'elle m'a laissé là et je n'ai plus jamais entendu parler d'elle. Je suis donc seul, laissé à moi-même, sans famille aucune, à part les filles du Club, mon professeur du cours du soir, Mlle Justine avec qui je me suis lié d'amitié et davantage depuis le séisme. Je peux disparaître de la terre et personne ne s'en rendra compte ni s'en inquiétera.

La vie a repris. Malgré ses cours, Mlle Justine a dû prendre en charge les affaires de la maison, devant l'incapacité de sa mère de faire quoi que ce soit. Elle a prié Mme Suzie d'emménager avec ses enfants dans la maison de sorte que, si elle doit s'absenter, elle sera moins inquiète pour sa mère.

Un matin, tandis que la maison dormait encore et sans prévenir personne, après avoir pensé et retourné la chose dans ma tête, j'ai ramassé le peu d'affaires que j'avais et les ai mises dans la même nappe que ma mère avait utilisée pour mes maigres possessions. J'ai franchi la barrière des Mirevoix et je suis parti sans me retourner, sans un au-revoir, sans un adieu et sans regret aucun.

Je me retrouve à la rue, mais je suis libre d'aller et venir, sans avoir de compte à rendre à personne. Je passe au Club comme d'habitude, bavardant avec l'une et l'autre, mais je n'arrive pas à leur dire. Je ne veux pas leur faire de peine. Je réclame mon argent à celle qui le garde pour moi, prétextant que j'ai trouvé quelqu'un qui peut l'apporter à ma mère. Elle me demande si je suis sûr de vouloir tout envoyer à ma mère et qu'il serait bon que je m'en garde un peu. Je l'ai seulement remerciée de m'avoir prodigué des conseils et d'avoir pris soin de mon argent, retenant mes larmes et la serrant dans mes bras. Si elle sait que c'est un adieu, elle ne mentionne rien. Au fond de moi, je sens qu'elle comprend. Dans leurs vies, les gens passent sans cesse, sans au revoir, sans adieu et c'est mieux ainsi.

Le soleil radieux m'aveugle. Tout ce qui m'entoure me semble plus clair, surexposé. La journée, plus chaude. Je suis libre, mais je ne sais où aller. Je franchis la barrière donnant sur la route, le cœur léger, tendu et inquiet à la fois. Sans savoir pensé à mon choix, je tourne à droite et la ville m'engloutit. Il y a de ces chemins que nous prenons sans savoir où ça nous mène, sans savoir ce que sera demain. Je marche, je cours sans but, sans destination. Je ne réfléchis pas, j'agis comme mû par un aimant. C'est un tourbillon pour mes sens en éveil, je n'ai pas assez d'yeux pour tout voir, pas assez de nez pour tout sentir. Il y a des voitures partout, des *taps-taps* colorés et des gens courant dans tous les sens. À même les décombres, des marchandes de légumes côtoient des vendeuses de vêtements usagés. Je suis tenté de m'acheter une paire d'espadrilles, mais j'ai besoin de garder mon argent, juste au cas où. Je traverse un marché à ciel ouvert et je suis attiré par l'odeur de *manje kwit*. Cela me rappelle la maison et me fait penser à ma mère à laquelle je n'ai pas parlé depuis si longtemps.

Je suis triste et mon cœur se serre. Peut-être devrais-je retourner chez moi, aller apprendre comme il faut le métier de forgeron pour ensuite remplacer mon père et prendre soin de ma mère ? Je m'achète quelques *fritays* et reste assis près de la marchande pour les manger. Je regarde ce va-et-vient incessant tout en m'imprégnant des bruits de la rue, ne sachant pas si je dois, ni comment savourer ma liberté, ou pas. Je ne pense même pas aux Mirevoix, ni à ce que Mlle Justine et Mme Suzie vont penser de ma disparition, ni si elles vont essayer de me retrouver. Je décide de mettre davantage de distance entre nous tout d'un coup, prenant mes jambes à mon cou et m'éloignant le plus que je peux de l'endroit d'où je viens.

À flâner ainsi, je ne me rends pas compte que la nuit tombe déjà. Pas habitué à me trouver dehors et ne sachant comment m'orienter, je m'arrête dans un parc près de la mer. Au loin, je vois clignoter les néons du bar, que j'avais contourné lors de ma première journée, éclairant chaque lettre que je peux maintenant déchiffrer. Une peur immense soudain m'envahit. Que vais-je faire, comment vais-je m'en sortir ? La nuit est fraîche et sans couverture aucune, je frissonne. Je m'allonge sur un banc du parc, la tête posée sur mon baluchon, contemplant mon avenir et ma stupidité.

Mes pensées se portent de nouveau vers ma mère. Je me rends compte qu'avec tout ce qui s'est passé dans ma vie, je n'ai guère pris le temps de penser tant que ça à elle. Elle ne sait pas lire et à peine écrire, je ne sais même pas comment lui envoyer une lettre. Je suppose que je pourrais toujours aller sur le quai et remettre une enveloppe pour elle au capitaine de l'un des bateaux en partance pour Jérémie. Dès que j'aurai un peu plus d'argent, je le ferai. Sait-elle que je suis en vie ou pense-t-elle que je suis mort ? Il me semble que ça fait une éternité.

Ici, je suis invisible, personne ne me connaît ni me m'attend. Je n'existe dans aucun registre, je n'ai aucune identité, je suis un fantôme comme des milliers d'enfants de mon genre dans le pays : tous mes amis de l'école, des restavèks déportés, expulsés de leurs familles, vendus pour quelques-uns et tous, pour travailler dans l'anonymat, sans salaire, sans rétribution et reconnaissance aucune. Nous sommes les sans-voix, les invisibles de la terre et de ce pays. Nous n'avons aucun droit, le gouvernement ne veut rien savoir de notre existence. Mon professeur à l'école m'avait dit que le gouvernement avait aboli la coutume des restavèks. Sur papier et aux yeux du monde, quel beau geste ! La réalité pour nous est tout autre, j'en suis la preuve. Démuni et sans abri, me voici dans un parc avec la peur et la faim au ventre. J'ai froid. Je devrais peut-être retourner chez les filles du Club, elles m'aideront sans doute. Je ne peux revenir chez les Mirevoix, je me ferais fouetter, agresser de nouveau sans doute. Quoi faire ?

23

La dure réalité

Je suis réveillé avec une violente douleur dans les côtes. J'ai à peine le temps d'ouvrir les yeux que je fais face à une pluie de coups de pieds et de poings. J'essaie tant bien que mal de protéger ma tête de mes mains, mais les coups pleuvent. Je ne peux voir qui sont mes agresseurs dans le noir ni leur nombre. J'entends leurs rires et leurs sarcasmes et je subis les assauts sans trop savoir à quoi m'attendre ni quand ça va cesser. Je pleure de douleur et pense que l'heure de ma mort est arrivée. Une voix se fait entendre au-dessus de la mêlée :

— Arrêtez ! Ça suffit. Qui es-tu ? Que fais-tu sur notre territoire et pour qui travailles-tu ?

J'essaie d'ouvrir la bouche, aucun son n'en sort. J'ai les lèvres tuméfiées et les sens totalement désorientés.

— Parle, voyons, es-tu assez stupide pour t'amener ici et te taire ? de s'exclamer celui qui semble être le chef.

Je balbutie quelques mots qui ne semblent pas porter plus d'écho. Je me rends compte que je n'entends pas ma propre voix. Les coups ont été si violents que mes tympans ont dû subir des dommages. Je fais signe au chef, en montrant mes oreilles et il m'entraîne avec le reste de la bande :

— Viens, on verra ça demain.

Je ramasse le peu qui reste de mon baluchon, la majeure partie s'étant envolée. Je tâte mes poches, ils n'ont pas pensé à me fouiller, donc le peu d'argent que je possède est cousu dans une poche intérieure et sauf, du moins pour l'instant. J'essaie d'évaluer l'importance de la bande, difficile à compter dans le noir. Ils sont au moins six, deux en avant, deux à côté de moi qui m'escortent en quelque sorte et deux en arrière. Je ne sais pas s'il y en a d'autres plus loin, n'osant même pas me retourner pour regarder. Nous longeons des clôtures, traversons des flaques d'eau nauséabondes quand nous ne pataugeons pas directement dans la boue. Je sais que nous ne sommes pas loin de la mer dont je sens l'odeur. Nous arrivons finalement à une clairière débouchant sur la plage. Le chef se retourne et lance pour mon bénéfice :

— Voilà le camp, on verra ce que tu as dans le ventre demain matin.

— Trouvez-lui un coin pour la nuit et assurez-vous qu'il ne s'enfuie pas, ordonne-t-il à mes deux surveillants.

« M'enfuir ? Pour aller à quel endroit ? » Je suis trop heureux de trouver des gens avec qui m'associer, mais ça, ils ne le savent pas et je n'ai guère l'intention de leur en faire part. « Calme-toi, tu ne sais pas encore ce qui t'attend, ni les intentions de la bande. Au moins, s'ils voulaient me tuer, je ne serais déjà plus ici. »

On me montre une natte de paille sous ce qui me semble être une tonnelle et un des garçons me commande :

— Couche-toi là et ne bouge pas.

Tous mes os me font mal, je sens les aspérités de chaque caillou contre mes côtes endolories et j'ai l'impression qu'une de mes dents est branlante, mes lèvres semblent peser une tonne. Ma tête sonne et tourne légèrement. Peu à peu, mes oreilles reviennent à la normale, même si elles bourdonnent encore un peu, car je peux entendre les conversations de la bande. Admettant que je puisse m'enfuir, je ne suis pas physiquement dans un état pour le faire, en plus je ne saurais dans quelle direction partir. Alors, autant attendre les évènements et le lendemain.

Couché sur la natte étendue à même le sol, j'écoute les conversations. Quelques-uns fument un peu plus loin et j'entends des bribes de leurs échanges. Il semble s'agir d'un bilan de la journée et chacun son tour mentionne ce qu'il a obtenu et fait, sous les félicitations ou reproches du chef dont je reconnais la voix dans l'obscurité. J'ai donc affaire à une bande organisée, dans quel but ? Vols à la tire en tout cas et extorsions, selon ce que je peux comprendre. Malgré mes efforts pour essayer de tout saisir, le sommeil finit par prendre le dessus.

Bercé par le bruit des vagues, je suis de retour à Jérémie sur le bord de la mer, à ma Pointe préférée. Je revois ma mère, belle comme jamais. Elle habite maintenant une belle maison et ne travaille plus à son étal de *manje kwit*. Je n'ai pas vu mon père nulle part dans mon rêve et c'est très bien ainsi.

Les chants des coqs et les aboiements des chiens me tirent de mon sommeil. J'ouvre les yeux et panique : je ne reconnais rien. Dès que j'essaie de bouger, la mémoire me revient, grâce aux douleurs dans mes côtes. J'ai les yeux enflés, bouffis par les coups reçus la veille. Je me soulève sur mon coude pour observer les alentours et j'aperçois toute la bande en train de dormir. Pour ne pas attirer l'attention, je reste couché les yeux fermés en attendant que les autres se réveillent.

Que vont-ils vouloir de moi ? Que devrai-je faire pour faire partie de la bande ? Mille autres questions m'assaillent en même temps que la faim. Mis à part quelques *fritays* la veille, je n'ai rien mangé depuis les vingt-quatre dernières heures. Quelqu'un tâte mes côtes de son pied pour me réveiller en disant :

— *He, ti-gason, leve, chèf la vle pale avèk ou*[27].

J'ouvre les yeux et il m'aide à me relever, le choc me fait gémir et grincer des dents. Lui, il trouve ça drôle et m'avertit :

— Ce n'est rien tout ça, pense à tout ce qui peut t'arriver si tu ne fais pas ce qu'on te demande.

Celui qu'on appelle le Chef ne semble guère plus vieux que moi, plus costaud c'est sûr. Un coup d'œil

---

27. Lève-toi garçon, le chef veut te parler.

171

rapide me fait comprendre que nous sommes une bonne dizaine allant de très jeunes à des gamins de mon âge, tous des garçons.

Le chef me demande mon nom et d'où je viens. Je lui raconte mon histoire en bref, que je suis un restavèk et que je me suis poussé de chez mes maîtres pas plus tard qu'hier. Ça semble le toucher, car quand j'ai fini de tout raconter, il se présente en me tendant la main :

— On m'appelle Titan, nous sommes ta famille maintenant. Nous tenons l'un à l'autre, nous prenons soin de chacun et partageons tout ce que nous avons, mais chacun doit faire sa part, il n'y a pas de place pour les paresseux ici. Tu comprends ?

Je lui fais signe que oui de la tête. Il demande à un des jeunes d'apporter à manger, il me donne un morceau de pain.

— Ne crois pas que tu vas pouvoir manger gratuitement, ceci est une avance et tu devras rembourser le groupe pour ce dont tu les as privés.

Je prends le morceau de pain de ses mains en le remerciant et le mange avidement. Je me rends compte tout d'un coup combien j'avais faim.

Il fait signe à tous de s'approcher de nous et me présente à la troupe.

— Voici ti-Ibè, il est désormais l'un des nôtres.

Personne n'a rien trouvé à dire ou à redire, à part quelques hochements de tête dans ma direction, et c'est ainsi que je me suis retrouvé au sein d'un groupe de voleurs.

Le chef m'assigne à Gérard, Gégé pour ses amis, qui va me montrer les rudiments du métier et ce que j'aurai à faire et à ne pas faire, les limites qu'il faut s'imposer pour ne pas se faire prendre et les contours des territoires des autres gangs. Quand j'avoue à Gérard que je ne connais rien de la ville, il me dit :

— Je vais te montrer tout ce que tu as besoin de savoir pour survivre dans cette jungle. En même temps, je ne comprends pas comment tu as pu être dans la capitale depuis si longtemps et que tu ne sois jamais sorti de la maison, ni allé visiter les rues de la ville.

Je lui raconte que, mise à part mon arrivée, je suis toujours resté près de la maison de mes maîtres.

Nous faisons nos adieux au groupe. Deux garçons restent en arrière pour surveiller le camp et nos maigres possessions. Mais, comme l'a répété le chef avant de partir :

— Ce qui est à nous est à nous. Les gens qui n'ont rien sont prêts à voler même presque rien pour avoir un peu plus que rien. Quand on n'a rien, même les petits riens ont de la valeur. N'oublie jamais ça. Gérard, montre bien à ti-Ibè ce qu'il doit faire, je veux des résultats. On se revoit ici, comme d'habitude à la fin de la journée. Sinon Gégé, tu sais où me trouver.

Gérard me dit chemin faisant que nous allons commencer par le Champ-de-Mars. C'est un quartier occupé et il y a toujours des choses à voler ou quelques touristes à qui quémander de l'argent. Depuis quelques années, il y a moins de touristes en raison de l'insécurité et des enlèvements, mais ça revient depuis le tremblement de terre, surtout avec les « T-shirts colorés ». Il semble être bien futé, ce Gérard pour son âge. Il appelle ainsi les missionnaires qui viennent pour aider, car dans l'ensemble, ils portent tous des t-shirts pareils et de même couleur dans un groupe pour mieux se reconnaître. Leurs chandails sont imprimés avec des slogans divers du genre : « Jésus pour Haïti », « La foi sauve », « Jeunes, de tel endroit, pour Haïti », etc. Je me garde de révéler à Gérard que je peux lire les chandails, ne sachant pas à quoi m'en tenir.

Il me semble que nous marchons depuis une éternité, et mes savates me donnent des problèmes. Il me faudra trouver une paire de chaussures plus décente. J'en fais part à Gérard qui me dit de ne pas m'en faire et que nous trouverons bien autre chose pour remplacer mes vieilles savates.

Nous débouchons finalement sur une grande place énorme. Je n'avais jamais rien vu comme ça. C'est grand comme dix fois le carré de la place à Jérémie. C'est le Champ-de-Mars, m'apprend Gérard :

— Tu vois, de l'autre côté, cette grande bâtisse blanche, c'était le Palais National, la résidence du gouvernement. Elle non plus n'a pas résisté au tremblement de terre. Nous sommes à la fin de la période des tentes au Champ-de-Mars après le tremblement de terre. À part quelques irréductibles qui refusent encore de partir, le gros de la foule a été forcé de déménager.

La rumeur veut que l'État les ait payés pour aller ailleurs ; lui n'en croit pas un mot. Il pense plutôt qu'ils ont été forcés de partir par les policiers afin de faire croire aux étrangers que tout est revenu à la normale.

24

L'apprentissage

Pour parvenir jusqu'ici, nous avons traversé des quartiers denses auxquels on accède seulement à pied où des maisons de fortune sont collées les unes aux autres et construites de matériaux hétéroclites ramassés çà et là. Je croyais que notre maison à Jérémie était pauvre et délabrée, mais celles-ci sont cent fois pires. Les gens n'ont aucune cour, à part l'espace devant leur porte qui débouche directement sur le passage qui, lui, longe l'arrière de la maison d'en face. Pas même un mètre ne sépare les deux. La circulation se fait en plus dans les deux sens. Il faut se coller à un mur ou envahir l'espace devant une maison, en marchant littéralement dans les affaires des gens qui sont en train de faire à manger ou de finir un peu de lessive. Gérard m'explique qu'en évitant les rues principales, nous sommes invisibles, personne ne nous voit passer ici. Les autorités ne viennent jamais dans ces quartiers, dans ce fouillis.

Encore et encore, nous rencontrons des milliers de gens vivant dans ces quartiers sans eau et sans électricité, du moins officiellement, car à voir le nombre de fils électriques de fortune qui traversent le toit des maisons, c'est sûr qu'il existe ici un système parallèle. Je montre du doigt ces fils à Gérard qui me dit que ces gens «achètent» l'électricité à quelqu'un qui la «vole» à l'Électricité d'État d'Haïti (EDH), en se branchant directement à un pylône électrique quelque part. D'autres se branchent à ces poteaux de fortune et de temps à autre quelqu'un meurt électrocuté. Ça semble faire partie de la vie, comme si c'était normal :

— C'est juste ainsi, opine-t-il philosophe. Tu vois, tous ces gens sont partis des campagnes pour venir gagner leur vie dans la capitale. On ne peut plus cultiver, les mornes[28] sont morts pour la plupart. À cause du déboisement intensif, une portion de la terre arable se retrouve dans la mer à chaque grande pluie. Mais, il n'y a pas plus de travail ici non plus. Alors, ces gens sont des rejets de la société qui n'a pas les moyens de les absorber, vivant en marge, en retrait de la vie bourdonnante de la ville, mais constituant tout de même son bas-ventre, ses entrailles même.

Je suis surpris de son analyse, je le pensais aveugle à tout ça, cette misère lui étant si familière me semblait invisible à ses yeux aussi.

— De quoi vivent-ils ?

---

28. On utilise ce mot pour désigner les montagnes.

— Prostitution, vols, revente de marchandise, parfois les trois à la fois, m'apprend mon jeune enseignant. Tu vois, quand je vois tout ceci, toute cette misère et les injustices, en volant aux gens de la rue, je ne me sens pas mal. Je ne vole pas, je prends. Je prends ma part que la société me doit et à laquelle je n'ai pas accès. Quand je viole une belle fille, c'est une façon de prendre ce qui m'est interdit ou inaccessible. Quand je rentre dans une maison pour voler, je sens que je libère les propriétaires de choses sans importance qui amassent de la poussière sur leurs étagères, choses qu'ils ne voient plus souvent d'ailleurs. Je me suis nommé «l'épureur», ti-Ibè.

Il bombe le torse ce faisant :

— Ce n'est pas beau ça, ça te surprend, hein! J'ai concocté ce nom quand j'ai entendu le mot «éboueur», le ramasseur de fatras. Moi aussi, je ramasse, j'épure donc, c'est pour cela que je m'appelle «l'épureur», le libérateur, comme les grands héros sur leurs chevaux au Champ-de-Mars. Je remets en circulation les biens que je vole, c'est une façon de faire tourner l'économie. Ce que je vole est revendu et l'argent sert pour la bande à acheter de quoi manger.

Le voici économiste maintenant. Je n'en reviens tout simplement pas de son intelligence. Il éclate d'un grand rire, bousculant les gens sur son passage. Ces quartiers, c'est son royaume.

— Je ne vole jamais ici d'ailleurs, non pas qu'il n'y ait rien à voler, mais je me sentirais mal de dépouiller ces gens du peu qu'ils ont déjà.

Je retrouve encore ici cette gradation de la misère : pauvres et plus pauvres que pauvres.

Peu à peu, le quartier change de visage, les maisons de fortune faisant place à des cours mieux organisées pour déboucher enfin sur des rues avec de belles grandes maisons. De là, après avoir longé le mur de l'Hôpital Général avec ses malades jusque sur le trottoir, nous arrivons sur la place du Champ-de-Mars. Je regarde partout, tournant en rond pour tout absorber. Ici se trouvait le Palais National, ici tel ministère, en arrière étaient les casernes. Il m'emmène en avant du cinéma, effondré lui aussi et m'explique comment c'était beau avant.

— As-tu jamais été au cinéma, ti-Ibè ?

Je lui fais non de la tête.

— Moi non plus.

Nous faisons ainsi le tour du carré et il m'explique chaque arbre, chaque buisson du territoire, où me cacher, par où me sauver rapidement quand la police arrive. Quand les touristes sont là, elle n'aime pas qu'on nous voie. Nous devons mendier en cachette, voler subtilement sans attirer l'attention. Je mentionne à Gérard que je commence à avoir faim, le morceau de pain du matin ayant disparu depuis longtemps.

— Ne t'inquiète pas, on va trouver à manger bientôt, je connais l'endroit qu'il nous faut.

Il m'emmène près d'un trou d'eau dans le sol, résultat d'une conduite d'eau souterraine brisée :

— Cette eau, tu peux la boire sans problèmes.

Et mettant ses deux mains en coupe, il se baisse pour en boire et je fais de même. Nous allons nous laver un peu les pieds, mais pas trop le reste pour ne pas avoir l'air trop propre tout de même. J'imite ses gestes à la lettre.

— Au boulot maintenant ! Observe-moi bien, m'indique t-il, en se relevant.

Il faut que tu aies l'air affamé et miséreux. Il me fait une démonstration, se frottant le ventre, les yeux miséreux et hagards, mimant le geste de manger. Sa prestation est digne d'un comédien.

— Arrête de m'appeler Gérard, c'est Gégé pour les amis, me tendant la main pour la serrer.

— D'accord, Gégé !

— Fais comme moi et ne dis pas un mot.

Nous arrêtons tout le monde qui passe. Nous nous approchons des voitures, des autocars de touristes qui s'immobilisent pour regarder les vestiges autour de la place et acheter quelques tableaux que les vendeurs ont accrochés illégalement à la grille entourant le jardin des ruines du Palais. Ces derniers n'aiment pas que nous soyons trop près des touristes, de peur que nous leur enlevions des clients. Nous nous faufilons pareil. Gégé passe même en dessous de l'autobus pour arriver juste au bon endroit de l'autre côté. C'est le meilleur moyen de ramasser des sous. Les touristes sont en général plus généreux. Les riverains n'aiment pas nous voir approcher en tendant nos mains sales vers leurs voitures. Ils montent leurs vitres rapidement en nous faisant signe de nous éloigner. N'étant pas agressifs comme les jeunes laveurs de vitres qui se précipitent littéralement sur les voitures malgré les protestations de leurs propriétaires, nous respectons la plupart du temps ces consignes.

Les affaires vont rondement, tant et si bien qu'en peu de temps, nous avons ramassé plus d'argent que j'ai eu en une année chez les Mirevoix. Gégé a pu même subtiliser quelques items des sacs de touristes grâce à ses doigts agiles et en profitant de la cohue provoquée par la foule de vendeurs de tableaux et autres objets d'art.

— Je t'apprendrai comment, me dit-il tout fier, quand je lui ai demandé comment il a fait pour voler sans se faire prendre.

Je trouve tout cela amusant et enivrant. Gégé a dû entendre les gargouillements de mon ventre car il m'invite à aller manger. Il m'amène chez les Petites Sœurs des pauvres pas très loin du Champ-de-Mars. On voit bien qu'il connaît les lieux. La sœur responsable des repas le reconnaît dès son entrée et Gégé me présente avant même que la sœur ait le temps de lui demander qui je suis. Gégé me conduit à un lavabo pour nous laver les mains, puis nous passons à un comptoir de style cafétéria avec tout un choix de nourriture.

— Nous ne pouvons pas dépenser tout l'argent ramassé et le chef va nous battre si on n'apporte rien, fais-je remarquer à Gégé.

— T'inquiète, ici, c'est *gratos*!

— Voyons, pourquoi nous donne-t-on tout ce repas, je ne comprends pas.

— Mange, je t'expliquerai après, s'impatiente Gégé en dévorant déjà son repas comme s'il avait peur qu'on le lui enlève. Après, nous irons te trouver des souliers et de «nouveaux» vieux vêtements.

Je ne me fais pas prier et je demande même à la sœur si je peux en avoir plus, mais non, il faut en garder pour les autres. C'est plus par gourmandise et par peur de ne rien trouver plus tard, car j'avais très bien mangé, mieux même que chez les Mirevoix et, en plus, je n'avais pas besoin de travailler toute une journée pour y avoir droit.

Nous sommes allés ensuite au «magasin» des sœurs, mais ce n'est pas un vrai magasin, car tout est gratuit. J'ai pu échanger un pour un, une chemise contre une autre, un pantalon contre un autre. Je suis surtout heureux de pouvoir enfin avoir une paire de chaussures, la première de toute ma vie. J'en ai essayé plusieurs avant de me sentir à l'aise, mes pieds n'arrivant pas à s'habituer à être ainsi confinés. J'ai toujours ou porté des sandales ou marché pieds nus. Je prends une paire en espérant que je vais m'y habituer et nous sommes passés à un comptoir montrer ce que j'avais choisi. Gégé m'indique un endroit pour me changer, il sifflote d'un air approbateur quand je sors de la salle d'essayage.

— Personne ne voudra plus nous donner des sous maintenant avec ton air si propre, commente-t-il.

Je remercie le préposé, jette mes vieilles fringues, restants du fils des Mirevoix, dans une poubelle qu'il m'indique du doigt et je me sens comme si je venais de changer de peau et de vie en même temps. C'est fou ce qu'une vie peut se transformer en moins de deux jours. Je n'ai jamais jusqu'ici pris l'habitude de penser au lendemain ni au futur et aujourd'hui n'est guère différent.

Le reste de la journée se passe comme le matin, sauf qu'il nous a fallu déguerpir du Champ-de-Mars. Gégé m'emmène au bas de la ville près du marché Hyppolite, aussi appelé marché en fer ou marché Vallières, son autre terrain de chasse.

— Ce marché est une vraie merveille. Regarde ces couleurs chatoyantes, il y a même une horloge qui indique l'heure. Sais-tu lire l'heure, Gégé ?

— Non, fait-il de la tête.

— Je peux t'apprendre, lui dis-je.

— Tu peux ? Tu sais lire ? Voyons, ça ne se peut pas, les restavèks ne savent pas lire. Où as-tu appris ?

— Je te raconterai.

Il y a une plaque commémorative à l'entrée du marché. Je me mets à la lire à haute voix :

— Le marché a été inauguré par le président Florvil Hyppolite le 22 novembre 1891. Il n'était pas destiné à Haïti. Construit en France, il fut emmené en pièces détachées et remonté dans cet emplacement.

J'explique à Gégé que, selon la légende, le bâtiment a été conçu pour servir de gare en Égypte ou au Maroc. Le président Hyppolite l'a acheté en France et le fit ériger ici. Le marché lui doit son nom parce qu'il fit commander et installer le marché dans l'emplacement de ce qui fut une place publique depuis plusieurs décennies. Le vocable Vallières provient du fait que le marché est érigé sur le site de l'ancienne place Vallières. Après des années de décrépitude, suivie par des dommages dus à un récent incendie qui en ravagea une partie et au tremblement de terre, elle a été restaurée dans son état actuel par un philanthrope, magnat des télécommunications.

Gégé me regarde bouche bée :

— Tu peux lire tout ça ?

— Oui, j'ai appris chez les Mirevoix et à l'école du soir. Je pourrai t'apprendre aussi.

— J'aimerais bien ça, au moins pouvoir écrire mon nom.

Le marché est grand et bien éclairé avec des kiosques bien établis. Nous ne pouvons pas en dire autant des alentours du marché. Il y a dix fois plus de personnes vendant de façon informelle autour du marché qu'à l'intérieur. Je trouve ça difficile d'avancer et encore plus de quémander quoi que ce soit aux marchandes ou aux personnes faisant leurs courses. Gégé me dit qu'il va falloir rapporter quelque chose à manger. Il me montre comment voler quelques fruits, quelques légumes en passant et les cacher rapidement dans notre sac. Mes pieds me font mal, peu habitués à être comprimés ainsi et j'en fais part à Gégé. Le soir commence à tomber et la foule s'amenuisant, on ne récolte plus rien.

— Nous partons, ordonne Gégé, en patron.

— Oui, chef, réponds-je en faisant un salut moqueur. Nous éclatons de rire tous les deux et Gégé me donne une tape dans le dos. Je crois qu'il m'apprécie déjà.

Nous prenons le chemin du retour en longeant la même route que j'avais empruntée quelques années plus tôt avec ma tante. Quelques bouts de rue sont occupés par des prostituées qui se pavanent sur le trottoir et qui nous accostent au passage, vantant le mérite de leurs charmes et toutes les choses qu'elles peuvent nous faire. Gégé rit de bon cœur et les encourage. Des voitures s'arrêtent et les filles s'y précipitent, se bousculant. Certaines ouvrent leurs chemises exposant leurs seins aux occupants des voitures. Je me tiens un peu en retrait pour voir le spectacle. Je connais les filles du Club, mais pas l'existence de ces filles de rues. À les entendre parler espagnol, je suppose qu'elles sont dominicaines ou cubaines. Un peu plus loin, ce sont plutôt des gars qui offrent leurs services, certains marchant comme des filles, d'autres ont l'air tout à fait normaux. Des voitures arrêtent pour eux aussi et le même manège se poursuit, chacun essayant d'offrir son corps en marchandant à travers les fenêtres baissées. Un chauffeur est en train de tâter le sexe d'un jeune homme tout en palabrant et cela me fait penser à ce que me faisait le fils des Mirevoix.

Gégé me raconte, chemin faisant, qu'il a un ami qui vend son corps aux touristes et qui gagne en un soir plus que ce que nous pouvons rapporter en mendiant pendant tout un mois. Je me dis que, peut-être, je peux faire pareil et envoyer de l'argent à ma mère. J'ai fait ça pour rien avec M. Mirevoix et son fils. Si ça peut me rapporter de l'argent, pourquoi ne pas essayer. Je mets tout ça derrière ma tête et me convaincs que non, que ma vie est avec la bande, qu'il en soit ainsi!

Les journées se suivent, toutes pareilles, mises à part des leçons de lecture et d'écriture que je dispense à tous ceux du gang qui le désirent. Gégé en a fait part au chef, qui donne son accord et qui met la chose au vote. Un peu plus de la moitié s'est inscrite pour suivre des cours, les autres ne voyant pas de raison de le faire. «Nous avons survécu jusqu'ici sans savoir lire ni écrire alors pourquoi se forcer. Ça, c'est pour les riches et ça ne nous rapportera pas plus d'argent.»

Je me suis organisé pour trouver du papier et des crayons gratuits chez les sœurs et je deviens ainsi le professeur de la bande. Au bout d'un certain temps, le chef, ayant plus confiance en moi, me confie la tâche de consigner les apports de chacun et d'en faire part à la bande chaque semaine. C'est comme notre carnet à l'école du soir.

Quelques mois plus tard, un soir en revenant au repaire de la bande, je croise une des filles que j'ai connue au Club et nous avons parlé quelques instants. Elle me demande ce que je suis devenu et ce que je fais dans ce quartier. Je raconte brièvement mes aventures avec la famille, mon départ et la bande. Elle dit pouvoir m'aider à gagner beaucoup plus d'argent. Trois soirs par semaine, elle danse dans un bar pour divertir les clients et les encourager à consommer en leur tenant compagnie. Le patron est très généreux et emploie garçons ou filles. Elle me donne un rendez-vous, loin des oreilles de Gégé qui se tient un peu en retrait, et m'explique comment la rejoindre et me rendre chez elle. Je l'assure que je vais y penser et que je passerai la voir un de ces jours.

J'explique à Gégé qui elle est et comment j'ai fait sa connaissance, sans plus.

Lorsque je me suis joint à la bande, je n'étais guère habitué à me battre ni à devoir me défendre et encore moins à attaquer, ni à provoquer. Titan s'est chargé de me former ainsi que les autres membres du gang. Il nous forçait à nous battre entre nous, pas juste pour jouer. De vrais combats qui nous laissaient ensanglantés et endoloris. Au cours des semaines, nous sommes passés au maniement des couteaux et à la façon de les cacher pour les récupérer rapidement. Nous utilisons un oreiller attaché à un arbre pour apprendre comment planter le couteau et infliger rapidement des dommages. Nous ne sommes pas encore passés comme groupe au stade de bande armée de pistolets et c'est bien ainsi pour moi. Titan est le seul qui en possède un. Il ne laisse jamais personne y toucher et passe de longs moments à le nettoyer et à le polir. Personne ne lui pose de question à ce sujet. Les rumeurs dans le gang veulent qu'il l'utilise parfois contre les autres bandes rivales ou pour commettre des vols.

Les techniques de maniement du couteau me furent bénéfiques plus d'une fois, entre autres lors d'une agression par un membre d'un autre gang qui nous a coincés, Gégé et moi, dans une ruelle. Tous les deux, nous lui avons infligé quelques coups de couteau. Juste assez pour lui faire peur, ne pas le tuer et lui faire comprendre que, la prochaine fois, ce serait peut-être différent. En bons petits truands, nous voulons aussi établir notre crédibilité et nous assurer qu'il dirait à d'autres de faire attention à nous. C'est aussi pour ainsi dire un couteau à deux tranchants, les autres, sachant que nous avons des armes, nous feront moins de quartiers. Mais ça, c'est le risque à prendre.

Avoir une arme pour nous défendre nous donne à tous les deux une certaine contenance, une fausse assurance. Mais cela aussi, nous le savons. Nous nous affrontons tout le temps avec les membres des autres gangs, des bagarres sans merci qui ont envoyé quelques-uns de nos adversaires à l'hôpital et vont parfois jusqu'à la mort. De temps à autre, un membre d'un gang ou d'un autre se fait tuer, et ce, même dans le nôtre. C'est le prix à payer et personne ne pleure les disparus. Nous circulons tous avec un couteau caché dans nos vêtements, comme Titan nous l'a montré, et prêts à l'utiliser au besoin. Je n'ai jamais été violent et, mis à part mon geste vis-à-vis le *Choukèt-la-rouzé* que je vous raconterai, je ne m'étais jamais battu ni n'avais attaqué personne. Mais dans cette jungle qu'est la capitale, si on veut survivre, il faut apprendre à se battre et toujours être prêt à se défendre. Nous ne sommes pas la bande la plus belliqueuse ni la plus meurtrière du quartier, nous ne faisons ni extorsion ni enlèvements.

Pendant le temps que j'ai été avec le gang, nous aussi, en plus des blessures, avons eu un membre de tué, que nous avons simplement abandonné dans la rigole dans une ruelle. Titan nous a dit que nous n'avons pas les moyens de nous occuper des morts et qu'il faut se préoccuper des vivants. Seuls dans la vie et seuls dans la mort. La vie de gang ne laisse guère de place pour la sentimentalité ni pour les pleurs. Ceux qui manquent à l'appel disparaissent assez vite de nos pensées. D'autres finissent toujours par les remplacer. Il y a un va-et-vient incessant dans la bande. Certains partent d'un jour à l'autre comme ça, comme je suis arrivé. Ils retournent dans leur patelin ou se font recruter par des bandes plus dures dans d'autres quartiers, dans d'autres régions. Certains tombent dans la drogue et sont obligés de commettre des crimes plus graves pour acheter la leur. Titan ne critique jamais ceux qui se droguent dans le groupe tant qu'ils payent leur part. Sinon, il les tabasse et les chasse. Ce qui fait que ceux qui restent savent à quoi s'en tenir. J'ai vite appris à m'endurcir et à faire ce qu'il fallait pour survivre. J'ai reçu mon lot de blessures au cours des bagarres, jamais rien de très grave cependant que je ne pouvais soigner moi-même ou qui ne se guérissait tout seul.

Nous ne cherchons pas la bagarre, mais il ne faut pas nous esquiver non plus, sinon c'est notre disparition. Nous continuons à nous entraîner, à nous battre entre nous, à partager nos techniques de coups et de blessures, où frapper pour neutraliser l'adversaire, où planter le couteau pour une mort rapide. Nous continuons de nous exercer sur un vieux coussin, qui sert aussi d'oreiller, attaché à un arbre comme je l'ai mentionné. Même les plus dociles finissent par devenir violents et endurcis, forcés à se battre pour survivre au quotidien. Personne ne veut donner sa place, il nous faut donc assurer la nôtre.

— *Chen manje chen*[29], répète Titan chaque jour avant qu'on se quitte. C'est notre devise. Surveillez et prenez soin de votre partenaire.

Je suis toujours jumelé à Gégé, il est un bon professeur. Même des mois plus tard, alors que je me crois aguerri, il trouve toujours des choses à m'apprendre. Gégé et moi, nous sommes comme deux frères. Nous nous protégeons mutuellement tout en gardant jalousement notre passé. À part quelques bribes glanées ici et là, nous sommes peu loquaces sur nous et nos familles. Notre parentèle est devenue la bande et toutes nos vies se déroulent selon le fil établi : nos journées en tandem à mendier, à faire des petits vols, partage des gains et repas communautaire. Très peu de nous quittent le groupe le soir, mis à part quelques-uns des plus âgés impliqués dans des activités nocturnes plus risquées. Mais on ne parle que peu d'eux.

Puis, un jour, en revenant du lunch, Gégé me demande :

— Ti-Ibè, cela fait des mois que nous sommes ensemble, j'aimerais bien que nous parlions de nous, de nos familles.

J'ai jusqu'ici toujours refusé de le faire, sans savoir ce qui m'a pris et pourquoi ce jour-là, je lui ai tout dit, y compris l'histoire du *Choukèt-la-rouzé*.

---

29. Les chiens se mangent entre eux.

25

L'heure du châtiment

J'ai tout raconté à Gégé depuis le début. J'ai poursuivi en indiquant qu'un ami était venu me prévenir à la forge des récentes allées et venues du *Choukèt-la-rouzé*. Il me chuchota à l'oreille l'endroit qu'il fréquentait depuis la dernière semaine. Il avait apparemment déniché une nouvelle flamme, passait la plupart de ses soirées chez elle et y restait même souvent la nuit.

Mon père regardait dans notre direction d'un air méchant.

— Qu'est-ce que vous complotez comme ça en secret dans le coin là-bas, vous ne savez pas que c'est mal élevé de parler en cachette en présence des adultes? Et toi, si tu n'as rien à faire, ti-Ibè lui, il faut qu'il travaille. Allez ouste! dit-il, sur un ton qui ne commandait pas de réplique.

Je remerciai mon ami en lui disant que je passerais le voir un de ces soirs après la forge et il prit congé en saluant bien bas mon père d'un air moqueur, comme à la cour, en faisant une courbette. Je riais dans ma barbe, plutôt dans mon menton, car je n'avais guère encore le moindre poil.

Je replongeais dans mes pensées et j'essayais de comprendre comment je pouvais haïr un étranger à ce point. Je m'en fis une raison en pensant à toutes les atrocités qu'il avait pu commettre, toutes les femmes dont il s'était approprié, tous les maris trompés et les vols commis en toute impunité. Il agissait en seigneur tout puissant de la région, un macoute au service des forces du mal qui rongeait la région. Rien n'était à son épreuve ni hors de sa portée.

Personne n'avait jamais osé se plaindre à haute voix, et ceux qui l'avaient dénoncé aux autorités ont été souvent éconduits. Certains même ont fait les frais de la bastonnade quand ce n'était pas de la prison tout court. On ne savait jamais qui rapportait les choses au *Choukèt-la-rouzé*, mais il finissait toujours par savoir tout ce qui se passait. Il semblait avoir des espions partout et même les chiens semblaient lui révéler les faits et gestes des habitants.

Une fois mon travail terminé, je suis parti à sa recherche et, comme prévu, il était chez sa maîtresse du moment. J'ai réussi à dénicher un sac en plastique pour cacher le marteau au cas où quelqu'un le remarquerait. Je l'enfouis dans ma poche et revins vers la maison pour prendre l'arme fatale. Je quittai la demeure à l'insu de tous, le cœur battant la chamade, le sac collé contre mon corps comme pour protéger le marteau. Je me faufilai dans les ruelles, évitant les places connues jusqu'à la maison où se trouvait le *Choukèt-la-rouzé*.

Je suis resté tapi dans l'ombre, attendant le moment propice pour l'attaquer par en arrière dès qu'il sortirait. J'ai mesuré en pensée la distance qui m'éloignait de la porte et j'ai calculé mentalement combien de pas je devrais faire pour parvenir à lui et le surprendre sans me faire voir. Je n'étais pas très sûr de mon coup ni de la réussite de mon projet. Mais, je savais que je n'avais qu'une chance.

Mon cœur battait à tout rompre, j'avais peur d'être malade, ma main tremblait et tout mon corps était frappé de soubresauts. Malgré la chaleur intense, j'avais froid, je craignais d'être paralysé, tétanisé par la peur de ne pouvoir agir à la dernière minute et d'abandonner mon projet. Mais je voulais défendre ma mère et venger l'affront de toute cette ville, même si personne ne saurait que c'est moi. Je restais là, caché dans l'ombre, les fourmis dans les jambes qui commençaient à s'ankyloser. Je les bougeais de temps à autre pour faire circuler le sang tout en calculant mes chances de réussite.

La porte s'ouvrit enfin et mon cœur ne fit qu'un tour. Je retenais ma respiration comme si j'avais peur qu'il entende mon cœur se cogner ainsi dans ma poitrine. La porte resta ouverte et j'entendis une voix de femme dire : « Tu reviens tout de suite hein, chéri ? Je t'attends dans le lit. » Ce qui me fit comprendre que le moment n'était pas arrivé.

Il se dirigea vers la toilette extérieure, une sorte de bécosse dans le fond de la cour. J'entendis les grincements de la porte et m'y approchai tout doucement. Les toilettes ici sont très rudimentaires. On commence par creuser un trou et on construit une petite cabane par-dessus en tôle ou en béton, selon le degré de richesse. Celle-là était en matériaux durs, deux petites pièces faites de blocs de béton avec un toit en tôle. D'un côté, il y avait la toilette et de l'autre, la salle de bain pour laquelle un rideau en plastique, ayant vu des meilleurs jours, servait de porte, protégeant à qui mieux mieux des regards intrusifs.

L'odeur des matières fécales me prit au nez et j'étais assez proche pour entendre les efforts bruyants du *Choukèt-la-rouzé*. Je sortis le marteau du sac et le balançai au bout de mon bras pour me pratiquer, car je savais que je ne pouvais pas échouer. Sinon, ce serait la catastrophe pour moi et mes parents, peut-être même pour les parents de mes parents. Dans ce pays sans foi ni loi, la justice des gens de sa trempe a le bras long, et comme le dit l'histoire de la fable de Jean Lafontaine : « Si ce n'est pas toi, c'est quelqu'un de ta race et tu vas payer pour lui. »

Je me suis avancé d'un pas ferme et résolu jusqu'à la porte de la toilette que j'ouvris. Avant qu'il ne se rendît compte de ce qui lui arrivait, les yeux écarquillés suivant le mouvement de mon bras, la bouche grande ouverte pour exprimer sa surprise ou pour dire quelque chose, j'abattis le marteau avec toute la force qui m'était possible sur son crâne qui céda sous le coup. Sa cervelle vola sur les murs et m'éclaboussa le visage au passage. J'essuyai les éclats avec la manche de ma chemise, et je vis le sang jaillir sur ses tempes et sortir de son nez. Sa tête s'affala d'un côté. Je regardai un instant ce rictus et la scène ridicule de cet homme qui ne pourrait plus faire de mal à personne. Son pantalon descendu aux chevilles, il venait de connaître son destin final dans une chiotte minable et puante.

J'étais sur le point de vomir, mais je me retenais. Je remis le marteau sanguinolent dans le sac et le serrai de nouveau contre mon cœur comme on porte un poids sur la conscience. J'aurais dû être soulagé, mais pourtant je ne l'étais pas. Je venais, tout de même, de commettre un crime. Je venais de débarrasser la terre d'un être abject, mais je n'arrivais pas à me dire que c'était bien. Les images défilaient dans ma tête à la vitesse de l'éclair et se succédaient si rapidement que je me demandais si je n'allais pas m'évanouir. «Tu dois tenir, ti-Ibè», me répétais-je presque à voix haute. Sans m'en rendre compte, je courais maintenant, le poids du marteau devenant de plus en plus lourd à supporter. J'avais peur de rencontrer quelqu'un qui puisse lire dans mes pensées et ainsi découvrir l'acte que je venais de commettre.

— C'est un bien lourd fardeau à porter et un grand secret pour un enfant de mon âge, tu sais Gégé.

En moins d'une minute, une nuée de mouches attirée par l'odeur du sang frais quitta les profondeurs de la fosse pour se régaler. Les mouches s'insinuèrent dans tous les orifices du cadavre et les *ravets*[30] ne tardèrent pas à se joindre au festin, suivis de près des rats.

Quand on découvrit son corps au matin, les yeux et les orteils avaient été rongés par les rats qui avaient aussi nettoyé son crâne jusqu'à l'os. Les fourmis avaient fait le reste. Les vers de la mort s'étaient déjà mis à l'œuvre, et sortaient du nez à moitié dévoré du cadavre. La chaleur aidant, le corps était déjà dans un état avancé de décomposition. Les préposés de la morgue, qui en ont pourtant vu d'autres, ont eu du mal à s'y faire et à mettre le corps, raidi dans la position assise, dans le sac prévu pour les cadavres.

L'enquête fut bâclée rapidement. À part la maîtresse hystérique qui pensait qu'il était parti voir ailleurs, selon ses habitudes, et qui ne fut pas d'une grande aide, personne n'avait rien vu ni rien entendu. Tous étaient, dans leur for intérieur, trop contents que la région fût délivrée d'un être aussi abject.

Il n'y avait aucun suspect. Le vol n'étant pas le motif, son portefeuille bien garni était intact. Connaissant sa réputation, il y avait sans doute une foule de personnes qui étaient contentes de le voir disparaître. L'affaire fut classée et le *Choukèt-la-rouzé* oublié en moins de deux.

---

30. Cafards.

Je suis allé jusqu'au quai et j'ai laissé tomber le marteau dans la mer. Du même coup, je venais de laisser s'échapper mon innocence et ma jeunesse qui s'évanouissaient ainsi dans ce plouf dans l'eau. J'eus envie pendant quelques instants de me laisser couler dans la mer, moi aussi, comme le marteau. J'étais vidé et dégoûté, j'aurais voulu me laver de tout ceci et me laisser mourir. J'ai marché jusqu'à la Pointe, me suis déshabillé et me suis laissé glisser tout doucement dans l'eau de mer qui m'a piqué les yeux quand j'ai lavé mon visage, et les pores de tout mon corps. Je me suis frotté les mains encore et encore comme pour me débarrasser de ma peau, même si j'avais eu peu de sang sur elles. Me laver me faisait du bien et me calmait un peu, sauf pour mon estomac qui n'arrivait pas à se dénouer. Dans un mouvement violent qui fit trembler tout mon corps, ma cage thoracique s'était soulevée comme si toutes mes entrailles s'arrachaient de moi. J'ai vomi violemment tout ce que j'avais dans l'estomac, cassé en deux, les genoux en sang écorchés par les rochers, attendant spasme après spasme le calme dans mes tripes. Mes yeux étaient exorbités. Je les sentais chauds, gorgés de sang.

Je me suis replongé dans la mer pour me débarrasser des traces de vomi et effacer l'odeur de mes narines. Je me suis rhabillé avec ma chemise mouillée, que j'ai trempée dans l'eau de mer pour enlever le sang et les restes de cervelle, et je suis resté là à contempler la mer et à entendre le bruit sans fin du ressac. Moi qui ai grandi ici dans un port de mer, j'aimais la mer et j'avais peur d'elle, n'ayant jamais appris à l'apprivoiser par manque de temps à la forge. Elle était ma complice, je pouvais tout lui dire. Combien de fois ici à la Pointe elle avait entendu mon gémissement, combien de fois elle avait couvert mes cris de rage et d'angoisse ! Elle connaissait aussi bien mes peurs que mes espoirs. Elle était mon amie fidèle qui ne me répondait que par grondements successifs et sans récrimination aucune.

Je ne sais pas combien de temps je suis resté ainsi à la Pointe à regarder dans le vide. Le bruit de la mer a fini par me calmer et j'ai décidé de retourner chez moi tout en sachant que je devrais subir les affres de mon père, en arrivant si tard à la maison. Mais au fond, je m'en foutais sachant que je n'en aurais plus pour bien longtemps. Il dormait déjà à mon arrivée. J'ai déroulé ma natte en silence et me suis étendu à ma place habituelle. Je fis un oreiller de mes bras et malgré les ronflements sonores du paternel, je parvins à m'enfouir dans un sommeil peuplé de cauchemars et de visages du *Choukèt-la-rouzé* souriant et narquois.

Gégé m'écouta raconter l'histoire jusqu'au bout, sans jamais m'arrêter. Il me regardait éberlué et je sentais dans son regard de la fierté mêlée de compassion.

— Tu vois, Gégé, je ne suis pas blanc comme neige. Une fois qu'on a tué, on peut encore le faire si l'occasion se présente. D'un côté, je regrette mille fois ce que j'ai fait mais de l'autre, je suis fier d'avoir eu le courage de débarrasser mes parents de cette sangsue.

Gégé me donne un *high five* et me raconte à son tour son histoire.

Il me dit que la sienne n'est pas aussi colorée. Son père est mort quand il était jeune et sa mère s'est mise à avoir des enfants avec des maris différents et n'avait plus les moyens de s'occuper de tout ce monde, de les nourrir et encore moins de les éduquer. Le dernier mari en lice était un homme violent qui, en plus de battre sa mère, maltraitait les enfants. Il faisait des attouchements aux filles et aux garçons dès que la mère avait le dos tourné. En plus, il les battait pour un oui ou pour un non. Un jour Gégé en a eu assez. Il s'est accroché en arrière d'un camion, puis d'un autre et est parti de chez lui vivre dans les rues de la capitale. Il avait huit ans et cela fait sept ans déjà. Il n'a jamais revu ses frères ni ses sœurs et encore moins sa mère. Le gang est devenu sa seule famille, son seul soutien.

26

Donner au suivant

Un jour, à l'heure du lunch chez les sœurs de la Charité, la responsable s'approche de moi et me demande si c'est moi ti-Ibè.

— Qui veut le savoir ? lui demandé-je, en vrai membre de gang que je suis devenu.

Elle ne me répond pas, mais mentionne seulement que Gégé lui a dit que j'étais un bon professeur. Je lance un regard furieux en direction de Gégé qui, souriant, hausse les épaules, geste signifiant « je t'expliquerai ».

— Nous avons pas mal de jeunes qui aimeraient savoir lire et écrire, qui traînent les rues et qui viennent ici pour manger comme toi. J'ai pensé que tu pourrais prendre quelques minutes par jour pour leur montrer. Ils te feront sans doute plus confiance à toi qu'à un professeur plus âgé ou à des sœurs.

Lisant sans doute dans mes pensées, car je me demandais comment j'allais compenser pour le manque à gagner en enseignant, la sœur ajoute :

— Nous ne pouvons pas te payer, ni les élèves non plus, mais je pourrai te garder un repas supplémentaire que tu pourras rapporter à la fin du cours et, bien sûr, tu auras accès au magasin de vêtements plus souvent.

Je l'ai priée de me laisser un peu de temps pour en parler avec Gégé.

— Je ne veux pas que tu te retrouves tout seul dans la rue sans moi. S'il t'arrivait quelque chose, je me sentirais coupable pour le restant de mes jours.

— Qui t'a dit que je resterai tout seul, ti-Ibè ?

Je le regarde incrédule, il poursuit :

— Moi aussi, je veux apprendre, moi aussi je veux faire autre chose que le gang.

J'ai le frisson dans tout le corps et les larmes me montent aux yeux. Que sait-il et que veut-il dire par là ?

— Comment ça tu veux faire autre chose toi aussi ? Qui d'autre veut s'en aller ?

— Tu es bien trop intelligent, ti-Ibè, pour gaspiller ton temps avec le gang. Tu sais plus de choses que nous tous réunis. Tu peux facilement devenir enseignant, gagner plus d'argent et avoir une autre vie que celle-ci. Tu n'es pas fatigué d'avoir peur tous les jours et de ne pas savoir ce qui nous attend tous les soirs ? Je le sais, je le sens que ta vie n'est pas ici, ce n'est pas fait pour toi. C'est un accident de parcours, mais tu dois trouver une façon de t'en sortir et, en même temps, tu peux nous aider à apprendre le peu que nos cerveaux bouchés peuvent absorber.

— Je t'interdis de parler comme ça, Gégé, tout le monde peut apprendre. Jusqu'à tout récemment, je ne savais ni lire ni écrire, mais d'autres ont cru en moi et m'ont appris à force de patience. Bien sûr, j'ai dû faire des efforts par moi-même aussi, mais c'est possible. Alors, je vais dire à la sœur que j'accepte de donner les cours sur l'heure du midi à condition que tu y participes aussi.

Le lendemain, je retourne voir la sœur avec Gégé et elle nous conduit dans une belle salle de classe, toute propre, avec de vrais pupitres et un tableau qui fait toute la longueur du mur. Elle ouvre une armoire pleine de cahiers neufs et l'odeur du papier vierge me prend à la gorge jusqu'au cœur. J'ai toujours aimé l'odeur des cahiers et des livres neufs. Je ne me souviens pas d'un tel sentiment de jouissance intérieur. Une autre armoire contient des livres, je les caresse de mes mains comme des trésors précieux, les larmes aux yeux. La sœur me regarde d'un air compatissant :

— Monsieur le professeur, voici votre nouveau domaine. Quand peux-tu commencer ?

— N'importe quand.

Nous nous mettons d'accord pour le début de la semaine prochaine, question pour elle de recruter les élèves et le temps pour moi de me faire une idée de ce que j'allais enseigner. Je lui ai parlé de la possibilité d'utiliser le reste de la semaine le midi, si la salle est libre pour me familiariser avec le matériel et préparer mon enseignement. Elle me dit que la salle est libre tous les midis et que je peux l'utiliser à ma guise.

— Je vais faire part aux autres sœurs de ton acceptation. Je reste disponible, au besoin, quand je ne suis pas de garde pour le dîner.

— Pourquoi moi, ma sœur ?

Elle me regarde, silencieuse un instant, secoue la tête sans me lâcher du regard.

— Je t'ai choisi pour ce que j'ai vu en toi, pas ce que tu es aujourd'hui, mais pour ce que tu peux être.

J'avoue ne pas comprendre toute la portée de ce qu'elle me dit. Je retiens ses paroles cependant pour les fois où je perdrai confiance en moi. Gégé est aussi excité que moi, il passe de banc en banc, de rangée en rangée, pour trouver la meilleure place pour s'asseoir et avoir une meilleure vue. Je lui montre le premier banc en avant et lui dis : « Voici ta place, monsieur l'assistant du professeur ». Il éclate d'un rire si sonore que la sœur nous rappelle à l'ordre en mettant son doigt sur sa bouche pour nous dire de garder le silence.

Ainsi commence ma nouvelle vie de membre de gang-enseignant. J'ai aussi peur que les élèves auxquels je vais enseigner sans doute, mais je me dis qu'au moins, je vais pouvoir transmettre ce que je sais et donner ce qui m'a été légué. Le plus beau cadeau, je crois, que je n'aie jamais reçu, est celui d'apprendre à lire et à écrire. Je n'avais jamais pensé que, dans un pays comme le nôtre, l'instruction des plus démunis avait une quelconque valeur. Je la voyais jusqu'ici comme quelque chose de réservé aux familles riches, à leurs enfants avec leurs beaux habits, leurs beaux uniformes, leurs beaux souliers. Pas aux enfants des rues ni aux anciens restavèks comme moi.

Tous les midis, après le repas, je me rends dans la classe pour me préparer et apprivoiser l'espace. L'expérience que j'ai eue dans la salle de classe des restavèks va sans doute me servir. Il va falloir seulement la transmettre à ce nouveau groupe.

À l'école du soir, il y avait peu de problèmes de comportement ni de gros egos à gérer. Ici, ces jeunes issus de la rue et qui ont l'habitude des gangs et de l'irrespect, comment vont-ils se comporter avec moi? J'en fais part à Gégé qui, tout de suite, me lance qu'il va leur casser la gueule s'ils ne me respectent pas.

— Non, c'est justement la sorte de comportement que je ne veux pas avoir dans la classe. Je vais en parler à la sœur et voir ce qu'elle en pense et si elle a des suggestions pour moi. Dès que j'en ai la chance, demain, je lui demande conseil.

Avant même de passer chercher mon plateau, j'attire sœur Annette dans un coin de la cafétéria pour lui parler de mes inquiétudes. Elle me dit qu'elle sera présente à la première classe et qu'elle va jeter les bases de la collaboration avec les élèves ainsi que les conditions auxquelles ils doivent se soumettre s'ils veulent continuer à suivre la classe.

— Je leur rappellerai que c'est toi le maître et que c'est toi qui décides de ce qui se passe dans la salle de classe.

Cela m'a mis en confiance, je l'ai remerciée et j'ai pu manger de bon appétit.

— J'ai hâte de commencer la classe, opine Gégé la bouche pleine, l'air surexcité.

Nous sortons bras dessus, bras dessous, sautillant presque pour retrouver notre vie dans la rue. Je sens un changement s'opérer en moi. Je ne sais pas encore ce que c'est, mais cela me fait du bien. La fin de semaine arrive et, bien que les jours ne soient jamais différents pour nous, les enfants de la rue, j'ai hâte que lundi arrive.

27

La classe

La sœur est venue me présenter, comme prévu, et jeter les bases de la collaboration des élèves. À ma grande surprise, aucun n'a ronchonné. C'est avec le cœur battant la chamade, devant mes pairs de la rue que j'entreprends ma « carrière d'enseignant ». Carrière, il faut dire vite, je ne suis pas qualifié, ni payé. À peine aurai-je quelques privilèges de plus.

Je fais ce que j'ai appris dans la classe des restavèks. Je demande les noms et les origines de chacun, s'ils avaient encore des parents, ce qui les a amenés dans la rue. S'ils avaient le choix, qu'est-ce qu'ils feraient et où aimeraient-ils être en ce moment ? Je consigne tout ça dans mon cahier du mieux que je peux et le cœur me déchire en écoutant chacune de leurs histoires, autant, sinon plus, que la fois où j'ai eu, moi-même, à me prêter à cet exercice. Le plus jeune n'a que huit ans, et ça fait déjà un an qu'il est dans la rue ; le plus vieux, dix-sept, le même âge que mon ami Gégé. Il était restavèk dans la maison de « son oncle », il se faisait battre tout le temps et

206

il passait des jours sans manger. On attachait sa cheville à la base du lit quand la maisonnée partait au travail et les enfants à l'école. On ne lui laissait rien à boire ni à manger et on laissait un pot de chambre pour ses besoins qui attirait les mouches et dont l'odeur dans la chaleur du jour devenait si insupportable qu'il le recouvrait de sa chemise.

Quand la famille rentrait, on le détachait et sa première tâche consistait à mettre la table pour ensuite nettoyer les souliers des quatre membres de la famille, puis à laver leur linge. Il n'y avait pas de bonne dans la maison, ce qui fait que la maîtresse de maison faisait à manger en arrivant. On le mettait à contribution pour éplucher, écraser les épices dans le mortier et surveiller la cuisson, ce qui augmentait davantage sa faim. Il a dû se résoudre maintes fois à voler un peu de nourriture, allant jusqu'à manger le riz presque cru de peur de se faire prendre, ce qui lui causait des maux de ventre. «Est-ce que la faim et la misère dans sa maison familiale étaient vraiment pires que ça?» Avant au moins, il était chez lui.

Les autres histoires n'étaient guère plus joyeuses. Vingt fois, j'ai entendu la misère décrite par des enfants maintenus dans des conditions de travail sous-humaines.

Jamais je n'aurais cru tout cela possible de la part de tous ces gens qui se disent chrétiens et qui vont à l'église chaque semaine, voire chaque jour. Comment autant de méchanceté peut-elle prendre place dans le cœur et l'esprit de compatriotes adultes en plus?

D'aucuns pensent que l'esclavage est terminé depuis longtemps, mais le sort réservé aux resta-vèks en Haïti n'en est guère éloigné. Mon cœur est déchiré par tout ce que j'entends. Je croyais mon sort terrible chez les Mirevoix, mais ce n'est rien à côté de ces histoires que j'entends et des blessures que je vois. Un gamin m'a montré son dos couvert de marques de fouet. On le fouettait au moindre prétexte, ses maîtres allant jusqu'à mettre du sel sur ses plaies et même des fois, du piment pour le punir. Qui plus est, on lui interdisait de pleurer, et s'il pleurait, la punition s'aggravait. Ces sévices sont tirés directement des livres de la traite des esclaves. Je sens la rage me monter à la gorge, je n'arrive même pas à avaler, me mordant les lèvres pour ne pas pleurer.

Je me contente à la première classe de distribuer les cahiers et de parler des livres qui se trouvent dans les armoires. Pour les besoins de la cause, vu qu'ils n'ont pas pour la plupart un domicile fixe ni un endroit pour garder leur cahier, je leur dis de me les remettre après chaque classe et je le leur rendrai en arrivant. Cela me permettra aussi de suivre leur progrès.

J'adore enseigner, j'adore voir les changements qui s'opèrent au fur et à mesure que les semaines avancent. La classe fait des progrès et les compli-ments que je reçois de la sœur m'encouragent. Elle m'a même permis d'avoir un peu d'argent pour les emmener visiter le musée du Panthéon, situé de l'autre côté du Champ-de-Mars. J'ai pu leur parler un peu de l'histoire du pays. Le guide du musée, en sachant notre histoire, a été plus que généreux et a pris plus de temps que permis pour bien nous expliquer et nous faire remonter le cours du temps. Il nous a parlé de l'esclavage, de la guerre pour acquérir notre liberté, des sacrifices qu'ont dû faire les esclaves et les précurseurs de l'indépendance et le prix que la jeune patrie a dû payer à la France. Nous étions tous en larmes en pensant au sort de Toussaint au fort de Joux, tout là-bas au loin en France, abandonné, trahi, oublié.

En sortant du musée, j'ai amené la classe au Champ-de-Mars pour admirer la statue de Toussaint. Combien de fois sommes-nous passés devant cette statue sans savoir ce qu'elle représente ? J'avais une idée vague de Toussaint, je ne suis pas sûr que les autres savaient ce qu'il représentait pour nous, ni même du concept de « Père de la patrie », qu'il partage avec Dessalines, Christophe et Pétion. Quelle nation n'enseigne pas à ses enfants son histoire ? Comment perpétuer ce devoir de mémoire si nous n'avons la moindre éducation ?

Je n'ai jamais entendu mon père ni ma mère parler d'indépendance, ni de rien se rapportant à l'histoire. Je me demande s'ils savent seulement les sacrifices consentis par ces hommes pour défendre ce bout de terre qui est le nôtre. L'histoire a la mémoire bien courte.

Nous nous quittons jusqu'à demain. Nous repartons chacun de notre côté, Gégé avec moi, fiers comme Artaban. On dirait qu'il aimerait pouvoir dire à tous : « Moi Gégé, je connais l'histoire, je pourrais vous dire ce qu'ont fait tous ces héros figés dans leurs statues sur le Champ-de-Mars. Je voudrais vous dire que, sans eux, vous ne seriez pas là. Mais, cela changerait quoi ? À quoi bon ? Plus de deux siècles d'histoire pour être où nous sommes aujourd'hui. Que diraient ces fiers combattants s'ils voyaient notre sort ? Toujours à recommencer, toujours à mendier à la communauté internationale. Eux qui se sont battus, sacrifiés pour notre indépendance. » Je me demande soudain si je n'étais pas mieux quand je ne savais pas.

Je n'ai pas le cœur à mendier ni à voler aujourd'hui. Je voudrais être à la forge et pouvoir en parler à mon père et à ma mère. Être capable de leur dire ce que je sais, partager ce peu de connaissances avec eux. Je pense que ma mère serait fière. Mon père ? Je ne sais pas. Je n'ai jamais su ce qu'il pensait.

Je m'installe à mon poste au coin de la rue, Gégé s'active sans que je le voie. Il m'appelle pour travailler, mais je reste là à contempler le vide.

28

Le questionnement

Tout d'un coup, des coups de fusil me tirent de ma rêverie, les gens courent dans tous les sens, je ne sais pas ce qui se passe. J'appelle Gégé pour qu'il s'éloigne de la rue, nous nous baissons et essayons de nous faufiler entre les jambes des curieux. Les sirènes des voitures de police nous crèvent le tympan, les gens crient, c'est la panique totale. Nous ne savons pas ce qui se passe, ni la provenance des coups de feu. Nous parvenons à nous extraire de la foule en toute liberté et nous décidons qu'il est temps de mettre fin à la journée.

Chemin faisant, je repense à la proposition de mon amie du Club. Je ne suis toujours pas allé au rendez-vous et n'ai guère pris le temps de penser à sa proposition. La vie présente me pèse. Vivre de cette façon me dérange, mais je ne connais pas d'alternatives. Retourner dans ma ville ? Comme ça, sans rien ? Non !

Je serai le seul à revenir les mains vides et pire qu'avant, ma mère mourrait de honte, elle qui croyait que la capitale était remplie de richesses. Comment puis-je lui faire subir cet affront?

Après des mois dans la rue et au sein du gang, je n'ai toujours accumulé aucune richesse, aucun gain. Je ne possède que ce que j'ai sur le dos, mon baluchon est bien mince. Tout ce que j'ai obtenu en mendiant ou en volant a été pour le bénéfice du gang, à part quelques dollars que je garde précieusement cousus dans une poche intérieure que je me suis fabriquée. Nous sommes nourris, protégés, nous sommes une famille, nous avons un abri qui, bien que rudimentaire, nous protège les jours de pluie. Le reste du temps, par beau temps, nous dormons à la belle étoile rêvant à ces quartiers dans les hauteurs de la capitale, si près, si loin. Nous avons la mer à nos pieds, même si nous sommes en compétition constante avec les immondices pour la plage et le droit de nous baigner.

J'ai toujours trouvé notre situation étrange, nous sommes pauvres et avons la plage, la mer à proximité, les couchers de soleil magnifiques. Les riches sont confinés dans leurs maisons loin de la plage et loin de la mer. Tant pis pour eux. Tout le bord de mer est peuplé de bidonvilles aux habitations plus précaires les unes que les autres. Je sais, quand il y a les ouragans, nous sommes en première ligne. Avoir le choix entre les deux, je choisirais toujours le bord de mer et une belle maison sur la plage.

Je continue de donner les cours et je prends de plus en plus d'assurance de ce côté-là. Sœur Annette, qui vient de temps en temps assister aux cours, question de me guider, me confirme que j'ai un don pour l'enseignement et m'exhorte tout doucement à continuer dans cette voie et à changer de vie. Je lui dis à chaque fois que je vais y penser. Elle et moi savons tous les deux que je ne vais pas vraiment le faire. Je ne vois pas d'issue possible et je songe encore moins à me lancer dans l'enseignement juste comme ça. Je n'explore donc pas cette possibilité, mais j'aimerais bien et j'espère au fond de moi que sœur Annette n'abandonne pas la partie.

Aujourd'hui, une grande victoire, Gégé est tout fier de montrer à sœur Annette qu'il a enfin maîtrisé d'une main sûre et lisible l'écriture de sa signature. C'est le cœur joyeux que nous retournons vaquer à nos obligations envers le gang.

En retournant au campement, nous sommes attaqués par une bande de quatre gamins faisant partie d'un gang rival. Les ruelles étroites ne nous laissent guère de possibilités de retraite. Les couteaux sortis, nous nous tenons dos à dos, tentant de toutes nos forces de repousser les assaillants. J'arrive à blesser l'un deux et l'espace d'un instant, nous avons pu nous échapper en prenant nos jambes à notre cou. Je ne m'étais pas rendu compte que Gégé était blessé et nous n'avons pu nous enfuir très longtemps. Deux membres de la bande, ayant pris un chemin de traverse que nous ne connaissons pas, se trouvent à nous barrer de nouveau la route et nous avons dû leur faire face. L'un d'eux était assez costaud et plus âgé que nous. Il se précipite sur moi avec une telle fureur que je n'ai pu qu'encaisser le coup de poing qu'il m'envoie en direct dans la poitrine. Alors que j'ai le souffle coupé et que je suis presque plié en deux, il prend ma tête dans une clé de son bras gauche et me tabasse de sa main droite. Je retrouve un peu de mes forces pour extirper mon couteau de sa ganse et l'enfonce de toutes mes forces entre ses côtes et directement vers le cœur. Le sang gicle sur ma main et je replonge le couteau de plus belle dans la plaie sanguinolente. Au vu de son sang qui coule, sa rage se dédouble et il me frappe plus fort tout en essayant de m'enlever mon couteau. J'ai le visage tuméfié et un œil blessé. Le sang coule de mon arcade sourcilière et je ne vois guère que d'un œil. Il se rend compte soudain que son sang coule de plus en plus, il me relâche et crie à son ami qu'il est blessé et s'écroule par terre. J'en profite pour essuyer un peu le sang de mon œil. Son cri prend Gégé par surprise et l'autre plante son couteau dans sa gorge, lui tranchant la veine carotide. Gégé se laisse choir lui aussi en tentant d'arrêter le sang en couvrant la plaie d'un pan de sa chemise et en pressant de sa main. Son agresseur se précipite alors sur moi, pris d'une rage folle, et comme j'attends son attaque, je m'esquive d'un pas et plonge mon couteau dans son ventre. Il a le temps en se retournant de planter le sien dans mon dos, mais je n'ai pas lâché prise jusqu'à ce que je sente son corps devenir flasque avec sa vie qui s'en allait. Je le repousse vers le sol sans ménagement et cours vers Gégé qui a déjà perdu beaucoup de sang lui aussi.

Je déchire ma chemise déjà en lambeaux pour lui faire une compresse. Je le prends dans mes bras, le berçant tout doucement en le rassurant, même si je sens sa fin proche :

— Ça va aller, je vais tout arranger.

J'essaie de montrer un air brave me balançant d'avant en arrière et me cachant de sa vue pour ne pas qu'il voie mes pleurs.

— Ne parle pas, essaie de garder tes forces, je vais te sortir de là, lui susurré-je doucement.

Je sens le sang couler dans mon dos et j'ignore ma plaie. Ma douleur est annihilée par celle de Gégé. Comment rejoindre une foutue ambulance ? Je ne suis pas sûr de l'endroit où nous sommes. Je ne peux pas appeler à l'aide, personne ne viendra se mêler des batailles de gangs. Je sais qu'il n'y a rien à faire, je ne peux pas l'emmener à l'hôpital et, même si j'appelle à l'aide, personne n'entendrait mon cri. Il va crever dans cette allée et je ne peux rien faire pour lui. Je l'embrasse tendrement sur le front, comme ce frère que je n'ai jamais eu et que je n'aurai jamais. Son corps et ses traits se sont détendus et la vie s'en est allée. Je l'ai déposé sur le sol, recouvrant son visage de sa chemise. Pensant aux paroles de Titan, le chef de bande : « *Chen manje chen* [31] », je laisse les trois corps prendre soin de leur mort et m'enfuis en courant le dos en sang.

---

31. Les chiens se mangent entre eux.

29

Le changement de cap

La seule personne à qui je peux penser à cet instant, à travers le brouillard de mes pensées, c'est à mon amie Maria-Helena, que j'ai connue au Club et que j'avais aperçue, il y a quelque temps déjà. J'espère de toutes mes forces qu'elle sera à son travail. Elle s'y trouve et, dès qu'elle me voit, elle craint le pire devant ma mine défaite, mes vêtements en lambeaux et mes mains ensanglantées.

— J'ai besoin de ton aide, lui dis-je.

— Viens, suis-moi, répond-elle, en me prenant la main, marchant très vite, courant même presque au delà de mes forces.

Je sens les miennes m'abandonner. Je peine à avancer. Ne voyant que d'un œil, je m'appuie sur elle.

— Tiens bon, on arrive bientôt.

Le trajet semble durer une éternité et, soudain, c'est le noir complet.

Je ne peux dire combien de temps je suis resté inconscient. Quand je me suis réveillé, Maria-Helena était penchée sur moi et je croyais que c'était un ange qui était venu me chercher et que j'étais mort. J'étais tout à fait confus et, en essayant de bouger, une douleur sourde est venue de mon dos me rappelant la bagarre dans l'allée et le sort de Gégé. Les larmes se mettent à couler et des sanglots sous forme de râle sortent de ma gorge. Je crie le nom de Gégé sans arrêt et Maria-Helena tente tant bien que mal de me calmer. Je me suis endormi de nouveau et, au réveil, ça allait un peu mieux, malgré le mal qui me rongeait les flancs et les muscles. J'avais encore un œil complètement bouché et un mal de tête à me fendre le crâne.

— Ouberto, *cariño*, tu m'as fait très peur. Ça me fait tellement plaisir de te voir revenir à la vie ! Je croyais vraiment te perdre. Ta plaie dans le dos était profonde, mais pas mortelle. Je l'ai pansée avec des feuilles et ça fait deux jours que tu dors. Tu vas avoir besoin de repos pour reprendre des forces. Je suis là et je vais prendre soin de toi. Ta fièvre semble avoir baissé, ajoute-t-elle me touchant le front.

— Tu es finalement parti de chez tes maîtres ? Comment as-tu fait ? Raconte-moi.

Je lui ai tout dit depuis le début, le départ de Jérémie, moins les circonstances. Je lui ai raconté les abus subis chez les Mirevoix, le gang et la vie dans la rue, l'école des sœurs, la bataille qui a coûté la vie à Gégé. Tout.

— Pourquoi tu ne nous a jamais rien dit de ce que tu vivais, Ouberto ? Nous aurions pu t'aider.

— Je ne pouvais pas, plutôt, je ne voulais pas vous donner plus de soucis que vous n'en aviez déjà. Vous étiez déjà si bonnes pour moi.

— Pourquoi n'as-tu pas pensé à quitter la bande, à changer de vie ?

— Pour faire quoi ? Je n'ai pas de métier, une éducation médiocre. Je ne sais pas faire grand-chose. Les membres du gang étaient ma famille, mes seuls soutiens dans cette jungle. Sans eux, je serais mort déjà. Gégé était mon frère, le seul en qui j'avais une confiance totale et voici qu'il est mort. Que vais-je devenir maintenant ?

— Écoute, tu n'es pas seul. Je suis là, je ne te laisserai pas tomber. Il y a un autre moyen. Pourquoi tu ne ferais pas comme moi quand tu seras guéri ? La paye est bonne, tu es ton propre patron. Si tu arrives à rester loin des maquerelles et des maquereaux qui vont prétendre vouloir te protéger, tu peux t'en sortir. Je serai là pour te guider.

— Tu penses que je serais capable de faire de la prostitution ?

— Je te montrerai les rouages et t'aiderai à repartir. Ce sera un peu bizarre au début, mais tu verras, tu t'y habitueras vite. Tu es beau, tu es jeune et ça, ça attire les deux sexes. As-tu un peu d'argent ?

— Oui, mais pas grand-chose. Je n'arrivais pas à faire des économies avec la bande ni n'avais d'endroit pour cacher mon argent.

— Il va te falloir de nouveaux vêtements. Je connais quelqu'un qui vend des beaux *pèpès*[32]. Je pourrai te les arranger. Je sais bien coudre. Tu peux rester aussi avec moi aussi longtemps que

---

32. Vêtements usagés.

tu voudras. Tu me payeras pour le loyer quand tu gagneras de l'argent. On partagera la nourriture et pour le reste, on verra. Nous irons t'acheter aussi un petit matelas et des draps pour dormir, si ça te va ; je n'ai qu'un seul lit.

Je lui fais signe que oui.

— Auparavant, il te faut guérir et prendre des forces.

— Je dois me cacher de la bande, je ne peux le dire à personne. Je ne sais pas comment Titan le prendra s'il sait que je suis en vie. Les seuls qui ont quitté jusqu'ici se sont joints à des gangs rivaux ou ont été jetés dehors par le chef. Personne n'est parti, juste pour partir.

Après une longue discussion sur les pour et les contre, ce que j'ai à perdre, ce que j'ai à gagner, en comparaison de la vie avec la bande, la vie de mendiant et de voleur, elle me fait voir que je ne m'en sortirai jamais en restant là. La décision est prise de demeurer chez elle et de me tenir tranquille pendant quelque temps, question de prendre des forces et de me faire oublier.

Le plus dur pour moi est d'avoir abandonné Gégé, mon frère, dans cette ruelle et de cesser d'enseigner à la classe, ce que j'aimais beaucoup. Mon cœur est déchiré en pensant que les chiens, attirés par la chair fraîche, ont dû s'attaquer à son corps. Il n'aura jamais personne pour pleurer sa mort, à part moi. Il n'aura jamais de sépulture, ni aucune pierre à son nom. J'imagine qu'un passant, ou un voisin, sentant l'odeur de décomposition des cadavres, les mettra au chemin et de là, les services de voirie les jetteront soit dans une fosse commune, soit au dépotoir. Il n'y aura pas d'enquêtes, pas de rapports spéciaux, à part le fait que trois corps ensanglantés ont été trouvés sur le bord d'une route. Sans identité et sans personne pour les réclamer, ils ne feront pas l'objet d'autopsies ni seront gardés à la morgue.

Mes pensées vont aussi aux jeunes du cours du midi, à ce qu'ils vont devenir. Il faut que je pense à moi tout d'abord en me disant que sœur Annette trouvera bien une solution, comme elle avait fait avec moi. J'ai pleuré à chaudes larmes sur le sort de ces gamins, comme moi sans ressources, sur la gentillesse des sœurs en général et de sœur Annette en particulier. Elle qui m'avait si bien accueilli et encouragé, voilà que je la laisse tomber. Quel sans-cœur suis-je donc ?

Je n'ai jamais si bien dormi que les jours qui suivirent. Chez les Mirevoix, je ne pouvais jamais dormir aussi longtemps. Je me couchais très tard et me levais très tôt, souvent avant l'aube. Je pense à toutes les larmes que j'ai versées des nuits durant. J'en ai voulu à ma mère de m'avoir laissé partir, même si c'était ma décision.

Travaillant surtout la nuit, Maria-Helena dort une partie de la journée et les après-midis s'étirent tout doucement. C'est le temps consacré à ma «formation», ce qu'il faut faire et comment. Ce qu'il faut éviter, surtout pour ne pas se mettre en danger. Je dois changer de style, m'habituer à porter mes nouveaux vêtements et des souliers tout le temps. Je me pratique donc à la maison. Je fais des exercices de musculation pour retrouver ma forme et des redressements assis. Je me dois d'être sexy et attrayant. Elle m'a trouvé des beaux t-shirts de marque, qu'elle a ajustés très serrés près de mon corps.

— C'est ce que les gens aiment, voir du premier coup d'œil la marchandise, blague t-elle en riant.

Elle m'apprend à marcher en me déhanchant juste ce qu'il faut pour plaire autant aux hommes qu'aux femmes. Elle m'apprend à danser, mon corps soudé au sien. Des danses aussi vives que lascives. Elle est fière de la transformation, m'envoyant un baiser approbateur du bout de ses doigts.

Dans son pays en République dominicaine, les gens comme moi s'appellent des *sanki-panki*, des gigolos. En Haïti, on nous appelle *tiouls*, même définition. Ma nouvelle garde-robe est constituée de pantalons blancs serrés qui laissent peu à l'imagination, de chaussures blanches assorties, de chemises et de t-shirts ajustés pour attirer les regards des hommes et des femmes. Maria-Helena m'a trouvé aussi des tenues plus sobres pour pouvoir me fondre dans la foule de certaines discothèques où mes vêtements blancs ressortiraient trop comme étant ceux d'un *tioul*. Là, ce sont plutôt des jeans serrés, des chemises ouvrant sur des t-shirts de différentes couleurs. Elle m'a même trouvé une chaîne, dans un bric-à-brac, pour un bon prix. Tout le *look* y est.

J'apprends avec elle des rudiments d'espagnol et d'anglais pour pouvoir poser des questions de base aux étrangers : « Vous voulez danser ? Vous m'offrez à boire ? Vous cherchez de la compagnie, quelque chose de spécial ? Vous êtes de quel pays ? etc. »

Elle m'amène dans les beaux quartiers pour voir comment les autres vivent.

— Observe bien, ce sont tes futurs clients.

Nous continuons pendant quelques semaines à perfectionner les différentes danses latines de son pays et elle m'apprend aussi à danser le *kompa*[33]. Elle pense que je suis doué. Moi, qui n'avais jamais dansé de ma vie jusqu'ici. Elle m'emmène faire la tournée des bars le soir, quand elle travaille, pour observer les clients et les autres praticiens en action. Je dois apprendre à reconnaître les signes, à guetter les regards de celles et ceux qui cherchent de la compagnie, à ne pas avoir peur d'inviter les femmes seules à danser. Je dois rester tout de même discret, pour ne pas me faire jeter dehors par les patrons ou les serveurs.

Maria-Helena est passée maître dans l'art de se faire payer à boire. Bien que la plupart du temps, elle goûte à peine à son verre, il faut tout de même garder la tête froide, car les soirées sont longues. Elle se met de connivence avec certains serveurs pour se faire servir le plus souvent des cocktails sans alcool, sans que les clients s'en aperçoivent. Elle sait faire des yeux aguichants et montrer sa poitrine en faisant semblant d'arranger ses seins constamment. Il faut dire que la nature l'a gâtée de ce côté-là, avec de superbes seins qu'elle sait mettre en valeur. Une fois qu'elle est maquillée et

---

33. Musique populaire en Haïti.

bien arrangée, on dirait une vedette de revues avec sa belle chevelure noire qu'elle attache parfois en une seule tresse qu'elle porte d'un côté ou l'autre de l'épaule. Des fois, elle change sa tresse de côté d'une main experte et d'un mouvement sec de la tête, sourire aux lèvres, tout en bombant sa poitrine, ce qui ne laisse jamais les hommes indifférents. Une vraie experte !

Nous devons constamment rester aux aguets des patrons qui n'aiment pas que l'on vienne racoler les clients dans leurs établissements. La plupart ferment les yeux, car les *tiouls* et les femmes dominicaines ou cubaines leur rapportent indirectement de l'argent en aidant les clients à consommer et à rester dans leurs bars. Ils vivent en symbiose et se tolèrent, sans plus, tant qu'il n'y a pas de grabuge.

Maria-Helena me présente aux serveuses et serveurs de tous les bars. Elle m'explique comment prendre soin d'eux et leur donner des pourboires généreux si je veux être tranquille. Elle me montre comment approcher les voitures stationnées à certains carrefours ou dans certaines rues. J'apprends ainsi à connaître les quartiers des hommes préférant des hommes, ceux des hommes cherchant des femmes et, plus rares, sauf dans les bars, des femmes cherchant des hommes. Ces dernières sont des touristes en vacances ou des travailleuses d'organismes humanitaires qui sont ici pour le travail.

Il faut faire très attention dans les quartiers des hommes aux hommes, car les prostitués mâles dans ces quartiers se font souvent battre par des gens qui, ici en Haïti, détestent particulièrement les gais. Les *masisis*, tout comme les lesbiennes, les *madivinèses* comme on les appelle, ne sont ni bien vus, ni bienvenus, et ce, surtout depuis la montée des églises américaines, ultra conservatrices venues du Centre et du Sud des États-Unis, dans le pays.

Nos soirées débutent presque toujours dans les rues, l'action dans les bars ne commençant que bien plus tard. La nuit tombant assez tôt dans les tropiques, on parvient à attraper souvent des clients sortant du bureau et qui veulent un soulagement rapide, sous forme de pipe, avant de rentrer trouver leurs femmes à la maison. Mes expériences avec le père et le fils Mirevoix m'ayant appris comment faire, je vais rapidement avec les hommes à même leurs voitures pour quelques dollars. Des hommes très sérieux, pour la plupart en veston-cravate, mais qui néanmoins veulent se faire sucer par des garçons, et qui, machisme oblige, ne voudront jamais se dire qu'ils sont gais ou qu'ils aiment des garçons.

Nous sommes plusieurs, filles et garçons, à partager les trottoirs. Malgré quelques frictions normales et des jalousies évidentes entre les Haïtiennes et les Dominicaines, qui ont plutôt la faveur des clients, l'atmosphère est souvent conviviale. Certaines profitant des moments creux pour se coiffer et se maquiller l'une l'autre. De temps à autre, il y a même quelques filles qui se pelotent et se caressent à qui mieux mieux et sans gêne devant les autres. Certaines des filles récemment, et surtout depuis le séisme, ne sont même pas pubères et ont à peine des seins. Cela ne les empêche pas cependant de trouver des hommes pour les emmener, quand ça ne se passe pas directement dans leurs voitures. La prostitution infantile fait des ravages parmi la population des jeunes. Quelques garçons, mais en majorité des filles. Des plus démunies par nécessité aux gosses de riches pour s'acheter des gâteries. Ces dernières racolent même dans leurs uniformes d'école, ce qui semble attirer surtout les étrangers. Vu que beaucoup d'entre elles parlent un peu l'anglais et l'espagnol, les transactions sont plus faciles. J'ai rencontré ainsi une jeune étudiante d'une école de sœurs et d'une bonne famille qui s'était fait un amant qui venait la chercher tous les jours après l'école et l'emmenait avec lui, dieu je ne sais où et qui la ramenait tout ébouriffée juste à temps pour que ses parents n'en sachent rien. Je lui ai demandé un jour si elle n'était pas au courant des dangers potentiels auxquels elle s'exposait. Elle me regarda des pieds à la tête, me toisant en me demandant de m'occuper de mes affaires.

Maria-Helena m'a appris à ne pas fréquenter toujours les mêmes rues ni les mêmes quartiers, question d'éviter les problèmes et de se faire repérer trop facilement par ceux qui n'aiment pas nous voir dans les rues. Les soirs quand elle danse, si je ne l'accompagne pas au bar, je vais au Champ-de-Mars ou au Bicentenaire où, à la faveur des buissons, le commerce se fait rapidement. Je garde les yeux ouverts cependant, de peur de ne pas tomber sur un des gars du gang, bien que je sache qu'ils sont

225

rarement dehors aux heures où je travaille. Mais on ne sait jamais.

Maria-Helena m'a aussi appris à me protéger des maladies et du sida. Dès le début, elle m'a emmené dans une clinique de dépistage où on m'a appris comment faire. La clinique distribue aussi gratuitement des condoms, bien que la plupart des clients mâles refusent de les porter ou que j'en porte. Donc, je cours un risque à chaque rencontre. Les choses sont un peu plus civilisées dans les bars, ce qui fait que, de plus en plus, Maria-Helena et moi délaissons la rue pour nous y consacrer presque exclusivement. L'attente est un peu plus longue des fois, mais c'est nettement plus payant. Les clients aussi sont plus subtils, ils ne veulent pas s'afficher ouvertement ou se faire voir en train de flirter avec des garçons. C'est plus facile pour les filles, de sorte que les garçons se tiennent toujours avec des filles. Quand quelqu'un vient s'asseoir à notre table, personne ne peut vraiment savoir s'ils cherchent des filles ou des garçons. Si je boucle avec un client, nous ne sortons jamais ensemble du bar. L'un quitte, puis l'autre suit.

Cela fait quelques mois déjà que j'habite avec Maria-Helena. Notre routine journalière est à peu de chose près toujours pareille. Nous nous levons tard, les nuits de travail se prolongeant jusqu'au matin très souvent. Nous nous réveillons dans l'après-midi, partons faire quelques courses. Souvent, nous mangeons chez une dame qui fait du *manje kwit*, comme ma mère, ce qui nous évite de faire la cuisine. Chaque fois que nous y allons, la nostalgie me prend, la nourriture et la compagnie de ma mère me manquent. Nous passons nos après-midi à parler de tout et de rien. Elle me parle de temps à autre de ses projets d'avenir, elle aimerait avoir un commerce et arrêter la prostitution. Nos conversations sont souvent drôles à cause de nos langues respectives. Le créole de Maria-Helena est très bon, même si elle cherche ses mots parfois. J'adore son petit accent dominicain et sa façon de terminer ses phrases en créole comme si elle parlait l'espagnol. Elle glisse toujours ces mots dans ses phrases, continue d'appeler les gens *querido*, *cariño* et ne jure qu'en cette langue quand elle est fâchée, alors je sais que quelque chose ne fait pas son affaire. Elle continue de me l'apprendre, tant et si bien que nous pouvons converser dans ce que j'appelle du « crespagnol ». Car, quand je cherche les mots, je retourne naturellement au créole et elle de même à l'espagnol.

— Tu dois apprendre la langue, Ouberto. Je veux t'emmener visiter ma ville et ma famille en République dominicaine un jour.

Mais, je ne suis pas très friand à l'idée, car les Dominicains, occupant la partie Est de l'île, mal-traitent et tuent les Haïtiens au moindre prétexte.

La maison que nous habitons se résume à une grande et unique salle qui fait office de chambre et de salon, à une table avec deux chaises pour salle à manger. Pour avoir un semblant d'intimité, elle a tendu un drap lui servant de rideau en avant du lit. Pour faire la cuisine, il y a une petite ton-nelle à l'extérieur et la toilette, partagée par tous les locataires du bloc de six logements, se trouve au fond de la cour. Depuis qu'on vit ensemble, je couche sur le matelas acheté pour moi dans la même pièce jusqu'à ce qu'un jour d'une pluie violente, où l'eau menaçait d'entrer dans la maison, elle m'invite à coucher dans son lit et, depuis ce temps-là, nous dormons ensemble. Il ne se passe rien entre nous, mais nous partageons une belle tendresse et une grande amitié. La chaleur de nos corps nous apporte du réconfort que nous ne trouvons guère dans notre métier.

Contrairement à ce qu'on peut croire, ni l'un ni l'autre ne trouve avilissant ce que nous faisons. Pour Maria-Helena, cela semble tout naturel après la vie dans le Club. Sa mère était aussi prostituée et a pu se constituer un bon magot lui permettant d'acheter une maison et de lancer un petit commerce en République dominicaine.

En peu de temps, depuis mon début dans la rue et dans les bars, j'ai accumulé pas mal d'argent. En fait, je n'ai jamais eu autant d'argent de ma vie. Comme je n'ai pas beaucoup de dépenses ni assez de temps pour dépenser, l'argent s'accumule. Maria-Helena m'a montré des cachettes pour mettre l'argent à l'abri des voleurs. Nous ne connaissons pas de banques et ne leur faisons pas confiance non plus. Ni la petite maison de location que l'on habite ni le quartier ne sont guère sécurisés, et il faut prendre toutes les précautions possibles, même en entrant après notre travail. De temps à autre, des prostitués se font voler et battre.

Nous ne sommes pas un couple, mais nous vivons comme tel. Nous prenons soin l'un de l'autre et nous nous assurons de notre sécurité mutuelle. Elle me guide du mieux qu'elle peut pour que j'apprenne le métier et que je reste sain et sauf. J'ai beaucoup d'affection pour elle, comme elle en a pour moi.

Parfois, elle me parle de sa vie, de son enfance là-bas. Elle me montre des vieilles photos d'elle. Elle était une belle enfant, elle est encore une belle femme avec ses cheveux longs et noirs. Nous faisons tout un contraste : elle a la peau claire et plus âgée et moi, la peau noire et plus jeune. Elle ne me pose jamais de questions sur ma vie d'avant et je ne lui en dis pas plus, à part le peu qu'elle sait déjà quand j'allais rendre visite aux filles du temps des Mirevoix. Je n'ose plus prononcer leur nom, comme pour les effacer de ma mémoire, et, à l'exception de ce que je lui ai raconté lors de notre rencontre, elle ne sait pas grand-chose. Elle connaît mon passé récent, ma vie dans la rue, la bande, l'école. De temps en temps, elle m'encourage à retourner enseigner. Mais la fatigue des nuits très longues et aussi la peur de tomber sur quelqu'un de la bande me tiennent éloigné de tout cela. Il me semble que c'est déjà une tout autre vie, à des centaines d'années de là.

30

La maison

Maria-Helena arrive un jour en revenant de faire les courses et me lance :

— Ouberto, nous allons déménager, j'ai trouvé une jolie petite maison, dans un beau quartier, que nous pouvons affermer pour toute une année. Nous pouvons mettre nos économies ensemble et vivre bien. Il y a de tout et c'est très propre. Il y a un jardin, je pourrai y planter des fleurs et on n'a même pas besoin de sortir pour faire à manger. Il y a une cuisine dans la maison et, même, une salle de bain.

Elle me raconte tout ça d'un trait, dans une surexcitation et avec son bel accent dominicain. Elle parle si vite que j'ai du mal à la suivre.

— Calme-toi et recommence.

Elle reprend son souffle et me raconte tout de nouveau. Elle me demande si je veux aller voir la maison avec elle.

— Bien sûr, j'ai même hâte.

À peine après avoir déposé ses paquets, nous voilà repartis vers le château de ses rêves. Elle n'arrête pas de me répéter, chemin faisant :

— Tu vas voir comme c'est joli, Ouberto. J'espère que tu vas aimer.

À cet instant, je crois que je suis tombé amoureux d'elle, je lui prends la main en marchant, elle serre la mienne en me regardant d'un air inquisiteur et elle m'entraîne vers la maison.

J'ai un pincement au cœur en voyant la maison, jamais je n'aurais pu penser habiter une telle maison. Pas qu'elle soit très grande, ni exceptionnelle, mais une maison, juste pour nous deux ? Les larmes me montent aux yeux. Elle me regarde attendrie et m'attire contre elle :

— Ne pleure pas, Ouberto, tu le mérites bien après tout ce que tu as vécu, et c'est aussi ton argent qui va payer pour. Viens, insiste-t-elle en poussant la petite barrière.

C'est comme si je venais d'entrer au paradis. Même dans mes rêves les plus profonds, je n'ai pu rêver d'un tel endroit.

Je me suis mis à penser à mes parents et à leur misérable maison de tôle, battue par les intempéries. Mon père, qui a travaillé si dur toute sa vie, n'a jamais pu se payer rien de semblable et voici que moi, sans métier aucun, qui fais le trottoir, je vais déménager dans une jolie maison avec une belle femme en plus.

Elle m'emmène rencontrer la propriétaire qui n'habite pas très loin. Nous convînmes de revenir le lendemain pour payer l'année de loyer, une petite fortune, il me semble. Elle nous a offert de payer six mois d'avance seulement, mais Maria-Helena a insisté pour régler une année au complet et, ce faisant, a pu négocier un petit rabais. Sur le chemin du retour, elle m'explique la raison de cette décision :

— Comme ça, nous serons tranquilles et si nous n'avons pas beaucoup de travail, nous serons au moins à l'abri.

Je me félicite intérieurement de l'avoir rencontrée, mon amie, mon sauveur.

Elle trouve quelqu'un avec une brouette pour nous déménager. Avec le peu de meubles qu'elle possède, un seul voyage a été nécessaire pour tout apporter. La maison semble encore vide, une fois que nous sommes tout installés.

— Nous achèterons des meubles au fur et à mesure, au moins nous avons l'essentiel !

Le lit installé, et crevés de fatigue, nous nous sommes assoupis dans les bras l'un de l'autre et, au réveil, pris d'un désir soudain, nous avons fait l'amour, en amoureux, pour la première fois tout naturellement. Elle murmurait des choses incompréhensibles dans sa langue maternelle que je crois être des mots d'amour arrachés de son ventre qui me possédait comme je ne l'avais jamais été par personne encore. Nos corps apaisés, nous nous sommes de nouveau endormis jusqu'à la tombée de la nuit. Nous n'avons échangé que peu de mots, mais tous deux savons que nous venons de franchir une nouvelle étape sans savoir comment l'appeler.

Je me rends compte comment je tiens à elle et elle, à moi.

La nuit nous avale comme à tous les jours à la différence que nous nous sommes embrassés en nous quittant. Je n'avais jamais éprouvé ce que je ressentis dans ce baiser. Les clientes et clients qui m'embrassaient ne me faisaient jamais cet effet.

Je commence à avoir une pratique. Il y a des clientes et des clients réguliers que je rencontre soit dans la rue dans leurs voitures, soit dans les bars et ensuite dans leurs maisons, leurs chambres d'hôtel pour les voyageurs et les touristes de passage. Les étrangers payent bien et, en général, à moins d'être très saouls, ne font jamais de problèmes. Je suis maintenant connu dans plusieurs hôtels de la région, ce qui me facilite les entrées et sorties. Je ne manque jamais de laisser un petit quelque chose à tout un chacun et des fois même un peu plus, lorsqu'ils sont dans un embarras quelconque. Un enfant malade, l'école à payer, le temps des Fêtes et ainsi de suite. Je me suis fait ainsi une belle réputation, tant et si bien que certains sont devenus mes racoleurs de leur propre gré quand les clients de leurs hôtels ou de leurs bars avaient besoin de mes services. Ils finissent toujours par me trouver en envoyant quelqu'un me chercher, soit dans un autre bar, soit dans la rue.

J'ai appris tout de ce métier de Maria-Helena, de même que la façon de prendre soin de ceux qui nous aident et souvent veillent sur nous de façon incognito. Elle ne se plaint donc pas de ces largesses et elle a tellement bon cœur. Si elle ne gardait pas si jalousement notre intimité, elle inviterait les autres prostituées à venir chez nous dès qu'elle apprend que l'une ou l'autre est dans une gêne quelconque.

Nous coulons des jours heureux, le jardin a fleuri. Il y a des fleurs partout. Si je ne la retenais pas, il y en aurait dans chaque petit carré de terre disponible. Un éden sur terre, notre paradis. Jardiner est sa passion et elle m'entraîne avec elle, m'apprenant le nom des plantes, des fleurs. Tu vois, Ouberto, celle-ci ne pousse qu'à l'ombre, celle-là fleurit une fois l'an seulement. Nous rions tout le temps ensemble. Un de ces après-midis où je suis plutôt sombre, elle me demande ce que j'ai. Je ruminais mon passé et j'en profite pour lui parler de ce qui m'a amené vraiment ici.

— Viens t'asseoir près de moi, je veux te parler.

Et comme j'avais fait pour Gégé, je lui raconte mon enfance, l'histoire de la forge et de mon père, celle de ma mère et du *Choukèt-la-rouzé*, jusqu'à sa mort sans les détails trop scabreux. Elle m'écoute attentivement, me prend les mains pour m'encourager à continuer quand j'hésite. Elle me pose des questions quand elle ne saisit pas très bien ou que je m'emballe et parle trop vite, comme elle, des fois.

En plus de cette partie de mon histoire, je lui ai aussi narré ce qui suit que je n'avais encore dévoilé à personne :

— Tu es la première à qui je parle de ce que je vais te raconter. Après avoir tué le *Choukèt-la-rouzé*, dans les jours qui suivirent, je suis allé voir le curé de la paroisse de Saint-Louis, car je dormais mal. Je n'avais pas la conscience tranquille et je n'avais personne à qui parler de mes sentiments. Je tournais et retournais tout cela dans ma tête. Je faisais des cauchemars à répétition. Je n'arrivais pas à ôter l'image du mort de ma tête ni l'odeur de sang de mes narines. J'avais beau me laver les mains sans cesse, il me semblait qu'elles étaient toujours sales. Je nettoyais mes ongles comme s'il y restait toujours des traces de son sang. Je me posais plein de questions : «Devrais-je aller à la police et me rendre ? Que deviendraient mes parents s'ils apprenaient et comment accepteraient-ils la nouvelle ? Devrais-je le dire à ma mère ?» Et tant d'autres questions sans réponse. Je travaillais à la forge comme un zombie, la vie semblait s'être échappée de moi. Je croyais avoir fait une bonne action et voilà que ma conscience me poursuivait. Je me suis donc décidé d'aller voir le curé de la paroisse. Il me connaît depuis mon enfance et me comprendra, mais je ne veux pas aller me confesser. Je veux lui parler seul à seul. Prenant mon courage à deux mains, je suis allé sonner à la porte du presbytère un après-midi. La bonne Mère qui me répond m'indique que le curé n'est pas disponible et que je dois prendre un rendez-vous aux heures de bureau. J'ai beau insister sur le fait que c'est une affaire urgente, pas moyen de lui faire entendre raison. Finalement, je lui dis : «Ma Mère, c'est une question de vie et de mort, allez au moins le dire au curé et voir s'il peut me recevoir d'urgence.» Le curé arriva, un peu endormi, suivi de la sœur. «Je dois vous parler de toute urgence, mon père.» Il me fait entrer en disant : «Laissez-faire, ma sœur, je le connais, je m'en occupe. » Il me conduit dans le bureau du presbytère, au premier étage vers l'avant de la maison. C'est une pièce immense, avec des étagères pleines de livres et un grand pupitre en bois. D'un côté, il y avait un grand fauteuil et de l'autre, deux chaises plus petites. Le curé s'assit dans le fauteuil et m'invita à m'asseoir dans l'une des deux chaises. « Quelle est cette urgence, ti-Ibè, c'est ça ? » Je fis oui de la tête en me demandant comment il se faisait qu'il connaissait mon nom. « Ta mère est une bonne personne et se fait bien du souci pour toi, tu sais. » Je me tortillais les mains et gardais la tête baissée, le curé resta patient. Au bout de ce qui me sembla une éternité, il se racla la gorge et j'ai relevé la tête. « Il n'y a rien de ce que tu puisses me dire que je n'ai pas déjà entendu et ne t'en fais pas, personne ne sera au courant de notre conversation si c'est ce que tu veux. Aimerais-tu mieux que je t'entende en confession ? » « Non, mon père », lui dis-je, presque en marmonnant et, dans le même souffle, j'avoue : « J'ai tué quelqu'un. » Sa bouche est restée grande ouverte pendant quelques instants. Il se leva, alla fermer la porte du bureau et revint s'asseoir dans l'autre chaise vide à côté de moi, tournant la chaise pour me faire face. « C'est grave ce que tu dis là. » « Je sais, mon père », répondis-je en éclatant en sanglots. Entre mes larmes et de peine et de misère, je lui ai tout raconté : les vols et les méfaits du *Choukèt-la-rouzé* avec ma mère et avec mon père, ses exactions auprès des gens du quartier. Je lui ai révélé les détails du meurtre et tout. Il m'a laissé parler, parler, parler. Je ne sais combien de temps cela a duré, mais au fur et à mesure, je sentais un poids s'envoler de ma poitrine et ma tête devenir plus légère. Jamais durant la conversation, il ne m'a jugé. Il ne me posait des questions que pour clarifier certains faits. Quand j'eus fini, il me demanda : « Que comptes-tu faire maintenant ? » Je lui ai parlé de mon intention de me rendre à la police. Il ne croyait pas que c'était une bonne chose. Je lui ai aussi parlé des plans de ma mère de m'envoyer vivre avec ma tante. Il semblait le savoir déjà. Ma mère a dû lui en parler sans doute. « Que vas-tu faire là-bas, le sais-tu ? » Je lui ai mentionné ce que ma mère m'avait dit au sujet de ma tante et que je n'en savais pas plus. Contrairement à ce que je m'attendais, il ne m'a pas fait la morale. Il ne m'a pas parlé du bien et du mal et ajouta : « C'est tout un poids à porter pour quelqu'un de ton âge, tu as bien fait de venir te confier à moi. » Il trouva les bons mots pour calmer mon angoisse, je retins ces paroles qui me poursuivent : « Tu sais, dans la vie, nous faisons des choses qui sont contraires à la loi et à la morale au nom du bien. Je ne cherche pas à dire que ton acte est bon et loyal. Loin de là. Même s'il est né d'une bonne intention, il est répréhensible. En d'autres temps, on aurait admiré ton courage, ta bravoure. Tu devras seul porter cette croix maintenant. Sache que ta mère serait fière de toi, même si en bonne croyante, elle n'aurait pu supporter de l'entendre ». « Merci, mon père. » « Tu devras être fort et retrouver le réconfort dans le Seigneur, il est le seul grand juge. Comme tu ne voulais pas que je t'entende en confession, je ne peux t'absoudre ni te suggérer des pénitences. Je vais te bénir quand même en tant qu'enfant de Dieu», ce qu'il fit. Il me prit alors les deux mains, se leva de sa chaise et me dit : «Viens, allons prier», et sans rien dire d'autre, il m'entraîna dans une petite chapelle dans le presbytère et nous récitâmes ensemble quelques prières. Puis, il ouvrit la porte et me laissa partir. «Va, le Seigneur est avec toi, je vais prier pour le salut de ton âme.» Ce soir-là, j'ai enfin pu retrouver le sommeil, même si les cauchemars ne m'ont jamais laissé tout à fait.

Maria-Helena écoute mon récit sans rien dire, les larmes aux yeux. Elle boit chaque mot, chaque phrase, chaque intonation, le regard plein de compassion. Quand j'ai fini mon récit, elle vient vers moi, les yeux toujours en pleurs, elle s'agenouille à mes côtés et se serre tout contre moi en sanglotant à chaudes larmes :

— Ouberto, mon Ouberto, tu as eu beaucoup de peine, tu as été très courageux de prendre ainsi la défense de ta mère. Si elle le savait, même si elle n'était pas d'accord avec ton acte, elle serait fière de toi.

Tellement absorbé que j'étais à raconter mon histoire, je n'avais pas remarqué les chaudes larmes de Maria-Helena. Elle me prend dans ses bras en me berçant :

— Ouberto, mon Ouberto, qu'est-ce qu'ils t'ont fait souffrir! Quel poids à porter pour un enfant pendant tout ce temps ? *Te quiero, Ouberto querido. Te amo profundamente*[34], murmure-t-elle entre ses larmes.

Je ne saurais dire combien de temps nous sommes restés ainsi, à pleurer tous les deux. Je ressentais sa force et tout son amour se transmettre dans mes veines.

— Au fond, même si elle ne te l'a jamais dit, peut-être que ta mère savait que c'était toi.

Ne sachant quoi répondre, je reste là, sans rien dire. Mes pensées vont du coup à ma mère et, de nouveau, je fonds en larmes. Nous continuons de sangloter, à nous imprégner de nos peines communes avec toute la tendresse possible dans de tels moments.

— J'aimerais bien un jour aller rendre visite à tes parents. Ta mère doit te manquer après tout ce temps-là. Maintenant que nous avons un peu d'argent, tu pourrais essayer de lui envoyer quelque chose, qu'en penses-tu ?

— Bien sûr, nous irons dans le port et voir si un des capitaines que je connais fait encore la navette. J'en profiterai aussi pour acheter à ma mère un de ces foulards qu'elle aime tant. Je vais aussi lui écrire une lettre, elle pourra toujours la faire lire par quelqu'un que nous connaissons. Cela lui fera sans doute plaisir de savoir que je vais bien et que je t'ai dans ma vie.

Dans les jours suivants, Maria-Helena et moi sommes allés choisir le plus beau foulard dans un

---

34. Je t'aime mon ti-Ibè chéri. Je t'aime éperdument.

magasin de la Grand-Rue. Nous avons décidé de nous faire prendre en photo pour aussi l'envoyer à ma mère. Je me suis aussi procuré du papier à lettres et un stylo pour lui écrire la seule lettre que je n'ai jamais écrite à personne jusqu'ici.

Port-au-Prince, le 25 juin

Chère maman,

C'est ton fils ti-Ibè qui t'écrit. Oui, je sais maintenant lire et écrire. Je travaille et gagne bien ma vie et j'ai une amie qui partage mon existence. Elle s'appelle Maria-Helena et nous travaillons ensemble. Elle est une très bonne personne, elle t'aime déjà même sans t'avoir jamais vue. C'est elle dans la photo que tu tiens dans tes mains et moi bien sûr.

Cela fait déjà plus de cinq ans que je suis parti de la maison, tout ce temps sans avoir pu te parler ni te donner de mes nouvelles. Je ne pouvais pas le faire. Un jour, je pourrai peut-être te raconter toutes les difficultés que j'ai eues jusqu'ici. Mais ce n'est pas l'intention de cette lettre que j'ai confiée aux bons soins du capitaine Savard. Je suis sûr que, grâce à lui et à Dieu, elle te parviendra ainsi que la petite commission que je t'envoie. Si tu tiens cette lettre, c'est que les Saints et les Anges sont avec nous.

Il ne se passe pas un jour que je ne pense à toi, maman. Si je suis ce que suis, c'est grâce à toi, grâce à ta force et à toutes les choses que tu as su m'inculquer et qui m'ont aidé à traverser les épreuves. Dieu seul sait toutes les difficultés à travers lesquelles j'ai dû passer pour arriver à m'en sortir.

J'ai été très chanceux de rencontrer des gens sur mon chemin qui me voulaient du bien comme Maria-Helena. Tu vois dans la photo que nous t'envoyons, comment elle est belle. Elle est douce et gentille et elle m'a guidé depuis mon départ de la famille et plus encore ces derniers mois. Sans elle, je ne sais pas ce que je serais devenu. Autant te dire tout de suite, j'ai quitté la famille qui m'a fait subir tant de misères pendant tout le temps que j'ai passé là-bas.

J'ai appris à lire et à écrire comme tu le voulais, mais ce n'est pas grâce à ma tante qui m'a abandonné tout de suite après l'arrivée et que je n'ai jamais revue. Je ne suis pas sûr qu'elle t'ait jamais expliqué ce qui m'est arrivé, ni parlé de la famille dans laquelle elle m'a placé. Tu m'avais bien dit que la grande ville recèle tous les pièges et qu'il y a des gens honnêtes et des gens malveillants. J'ai connu les deux.

Comment va papa? Travaille-t-il toujours à la forge? J'espère que le Simplet lui tient toujours compagnie? Parle-t-il de moi parfois?

Ton commerce de **manje kwit** fonctionne-t-il toujours?

Pardonne-moi de te poser toutes ces questions, maman, c'est ma façon de te parler, même si tu ne peux pas me répondre.

J'ai joint mon adresse sur l'enveloppe de cette lettre. Tu peux demander au scribe de m'écrire si tu veux aux soins du capitaine Savard. Je passerai le voir pour recevoir ta réponse.

L'argent que j'ai inclus est à toi seulement, ne le donne surtout pas à mon père pour qu'il l'utilise pour aller nourrir ses maîtresses ou boire avec ses amis.

Maria-Helena te salue ainsi que papa. Dis-lui bonjour de ma part, si tu penses qu'il veut encore entendre parler de moi. Je t'écrirai de nouveau dès que je le pourrai.

Je t'embrasse tendrement,

Ton fils qui t'aime,
Ti-Ibè

Je lis la lettre à Maria-Helena, qui la trouve convenable. J'insère les billets dans l'enveloppe en m'assurant de l'avoir bien cachetée. Je la mets dans le foulard et nous préparons un beau paquet sur lequel j'écris, le cœur battant, le nom de ma mère dont je ne connais même pas l'adresse. Au fond, je sais qu'il n'y a même pas de numéro de porte à la maison. J'ajoute tout de même « aux soins de la Forge et aux soins du capitaine Savard ».

Dès le lendemain, nous allons tous les deux porter le paquet au capitaine en lui remettant un petit quelque chose pour son trouble.

— *Komisyion pas chay* [35], dit-il en recevant le paquet. Si la mer est bonne et si Agwe nous facilite le passage, ce sera dans les mains de ta mère dans deux jours. Je te promets que je vais y voir personnellement.

---

35. C'est un plaisir de rendre service.

Nous prenons congé de lui après maints remerciements en lui mentionnant que nous repasserons le voir la semaine prochaine pour avoir des nouvelles et vérifier si ma mère m'a répondu.

Après quelques petits détours en ville, dont un arrêt au marché aux fleurs pour faire plaisir à Maria-Helena et acheter quelques plantes, nous rentrons à la maison retrouver notre cocon, loin des bruits et du tohubohu de la ville. Comme je l'ai déjà mentionné, Maria-Helena a un appétit insatiable pour les fleurs et elle a le pouce vert en plus, de sorte qu'en peu de temps, chaque recoin de la cour est fleuri. Il y en a de toutes les couleurs. Nous passons la majeure partie de notre temps libre dans cette oasis.

31

Le partage

Nous avons remarqué tous les deux le nombre grandissant de jeunes filles à peine pubères qui se prostituent pour survivre. Certaines sont d'anciennes restavèks comme moi, d'autres le font pour aider à nourrir leur famille et quelques-unes pour se payer des gâteries, des fringues. Elles font des passes pour quelques sous, offertes à des hommes friands de jeunes filles de plus en plus jeunes. Certaines n'ont même pas encore leurs règles, me signale Maria-Helena. Quel plaisir peut en tirer un homme ? Pourtant, ils sont nombreux à arpenter les quartiers et à les entraîner avec eux. À la faveur de la nuit, n'importe quel buisson, un coin de mur protégé devient lieu de stupre. Les cris d'angoisse de ces jeunes filles se faisant ainsi prendre violemment, sans égards et sans retenue, résonnent souvent dans la nuit. Quelques-unes se sont retrouvées à l'hôpital déchirées et défigurées pour la vie.

À force de leur parler, je me rends compte que beaucoup ne sont jamais allées à l'école et, après m'être mis d'accord avec Maria-Helena, j'ai décidé d'offrir des cours à trois d'entre elles. Nous les avons invitées à la maison et j'ai improvisé une salle de classe sur la galerie du côté pour leur donner des rudiments de lecture et d'écriture.

Les débuts sont très difficiles, ces filles ont entre douze et quinze ans et aucune des trois ne sait lire ni écrire. Aucune n'a jamais fréquenté l'école. Tout comme moi au début chez les Mirevoix, soit que leurs parents n'avaient pas les moyens ou qu'ils avaient besoin d'elles pour aider aux travaux de la maison ou des champs, soit que les personnes chez qui elles habitaient n'avaient pas jugé bon de les envoyer à l'école. À quoi bon gaspiller de l'argent pour instruire des gens qui n'en ont pas besoin.

Je sens la rage en moi en entendant leurs récits, un peu à cause de mon passé récent, et aussi à cause des souvenirs de tous ces abus dont j'ai souffert et qui me reviennent en mémoire. Je suis aussi peiné de savoir qu'il y a encore tant d'enfants comme elles qui subissent le même sort tous les jours. Va-t-on jamais pouvoir sortir de ce marasme ?

Je ne peux retenir mes larmes en écoutant leurs histoires, mais je dois être fort, si je veux les aider. Maria-Helena et moi leur achetons des cahiers, des crayons et des ardoises. Dès que nous passons près des vendeurs de livres usagés, nous achetons des livres d'histoires illustrées. Les filles aiment regarder les belles images. Je leur demande de m'inventer des histoires sur ce qu'elles voient et je suis agréablement surpris de leur imagination fertile.

Les bancs d'école sont les marches de l'escalier et un bloc de ciment. Je m'installe sur une petite chaise basse pour faire la leçon sous l'œil bienveillant de Maria-Helena qui surveille la scène de loin tout en papotant dans le jardin.

Les progrès des filles sont lents et difficiles et je dois user de toute ma patience. J'ai beau leur expliquer les avantages de savoir lire et écrire, ça ne colle pas à leurs réalités. Quelques fois, Maria-Helena s'en mêle. Une voix de femme a peut-être meilleure résonance. Souvent, j'abandonne la leçon pour leur parler d'autre chose, conter des histoires, parler de leurs rêves, de ce qu'elles aimeraient faire. En tête de liste, trouver un bon mari et quitter le pays. Alors, je leur demande comment elles vont faire pour partir et travailler à l'étranger si elles ne savent ni lire ni écrire ?

Je fais des cauchemars de temps à autre, je me réveille en sueur. Dans mes rêves, j'assassine le fils Mirevoix ou son père de la même façon que j'ai tué le *Choukèt-la-rouzé*. Je ne peux plus me rendormir après. Maria-Helena me berce et m'essuie le front, me cajole comme un enfant : « Chut, rendors-toi », me berçant doucement, et je finis par me rendormir.

De temps à autre, nous retournons au port voir le capitaine, et les semaines passent sans un mot de ma mère. Il m'assure cependant lui avoir remis le paquet en mains propres. Il me dit que ma mère n'en revenait pas et qu'elle a eu un « saisissement », a perdu connaissance, en apprenant la nouvelle que ce cadeau venait de son fils qu'elle croyait mort déjà.

Le bouche-à-oreille aidant, de plus en plus de jeunes, garçons et filles, viennent nous voir pour que nous leur apprenions à lire et à écrire. La maison n'est pas assez grande pour accueillir tout ce beau monde. J'ai remarqué une petite église protestante non loin de la maison dans notre quartier. Maria-Helena et moi allons en parler au pasteur qui, à notre grande surprise, accepte tout de suite et avec joie, de nous prêter sa salle en dehors des heures de service, à la condition de pouvoir accepter les enfants nécessiteux de son église. Nous avons donc déménagé l'école à cet endroit, ce qui nous permet de respirer un peu et en même temps d'avoir une vie normale à la maison.

En un rien de temps, l'effectif d'élèves est passé de cinq à dix à la maison, à quarante dans la petite église. Ne pouvant enseigner à quarante élèves à la fois, surtout que la plupart nécessitent des attentions particulières, j'ai scindé la classe en deux groupes, les débutants d'un côté et dans l'autre les plus avancés.

Nous sommes retournés au port ce matin et enfin, le capitaine, tout sourire, me tend un paquet venant de ma mère. À l'odeur, je sais déjà qu'il contient des *komparèts*.

— Ta mère va très bien, elle est très heureuse de pouvoir communiquer avec toi plus souvent. Apporte-moi ta réponse et je vais m'assurer qu'elle la reçoive bien.

Une fois arrivé à la maison, je m'empresse d'ouvrir le paquet, le cœur battant. La lettre sent le gâteau. Je déplie le papier et lis la lettre à haute voix pour Maria-Helena :

Jérémie

Mon cher fils,

Si cela a pris du temps pour te répondre, c'est que j'ai décidé d'écrire la lettre moi-même. Cela fait des années que je voulais reprendre mon écriture, j'hésitais toujours à le faire. Pardonne donc mon écriture encore hésitante ainsi que mes fautes.

« Quelle faute maman, me dis-je ? Je m'en fous, tout ce que je veux, c'est de te lire. »

Ta lettre m'a fait le plus grand bien. Après si long-temps sans tes nouvelles, je m'attendais au pire. Alors te savoir bien et en vie m'a fait reprendre goût à la vie. Ton amie Maria-Helena est très jolie, je vous remercie tous deux pour les cadeaux. J'ai porté le foulard avec fierté à la messe. Je disais dans ma tête à tous ceux qui me regardaient, ce beau fou-lard vient de ti-Ibè, mon fils qui travaille à la ville.

Même ton père, d'habitude si peu expansif, était tout excité à la réception de la lettre que le capitaine a tenu à livrer en mains propres.

La vie est comme à l'accoutumée ici, ton père se débat avec la forge avec toujours très peu de clients. Il travaille plus pour passer le temps que pour gagner sa vie. Il s'est trouvé des talents de sculp-teur et il rapièce des bouts de fer en pièces d'art. Je dois t'avouer que je ne trouve pas cela très joli, mais cela l'amuse.

Je fais toujours le manje kwit, *cela nous assure un petit revenu. Notre santé est bonne à tous les deux.*

Une ombre au tableau, ma mère, ta Gran'Da chérie, est décédée il y a deux ans déjà. Je sais comment tu l'aimais et elle t'aimait autant. À chaque visite, elle ne me parlait que de toi. Elle t'a laissé sa propriété en héritage. Comme je ne pouvais m'en occuper de loin, je l'ai affermée au voisin. Ça ne rapporte pas grand-chose, au moins, quelqu'un en prend soin.

Les larmes me montent aux yeux, ma Gran'Da, l'immortelle pour moi, est morte depuis si longtemps et je ne le savais même pas.

— Je suis désolé, Ouberto, je sais combien tu tenais à elle.

J'ai donné de tes nouvelles au curé qui m'a prié de te saluer. Le Simplet est toujours à la forge, semblable à lui-même.

Mèsi anpil *pour les photos de vous deux. Tu as tellement grandi, mon garçon, que je ne te reconnaîtrais même pas dans la rue. Tu as l'air d'un vrai homme maintenant. Tu as raison, Maria-Helena est très jolie et je suis très contente de savoir qu'elle prend bien soin de toi et partage ta vie.*

Voici en gros les nouvelles. Les choses ne sont pas aussi excitantes que dans la grande ville. La vie n'a guère changé depuis ton départ, les mêmes misères, les mêmes clients qui n'ont pas les moyens de payer. Ton père te salue, il est très content pour toi. Il comprend à voir les clients diminuer que la forge n'aurait jamais pu t'apporter la vie que tu désirais.

Je t'embrasse tendrement, mon cher ti-Ibè.

Ta mère qui t'aime.

Je lis et relis sa lettre. C'est comme si je la sentais tout juste à côté de moi. Elle a dû sans doute s'appliquer pendant des jours pour arriver à l'écrire. À voir son écriture soignée, elle a, j'en suis sûr, recopié la lettre pour s'assurer qu'elle soit parfaitement à son goût. Ce qui explique son retard à me la faire parvenir. Je lui ai répondu tout de suite, lui racontant tout ce qui s'est passé depuis notre dernière correspondance, l'école, la maison. Je lui promets que nous irons lui rendre visite dès que l'occasion se présentera.

D'un commun accord, j'ai laissé tomber complètement mes activités du trottoir, ne gardant que le travail dans les bars. Les cours et la planification de l'école prennent de plus en plus de mon temps et je suis épuisé par le manque de sommeil. Le pasteur veut que l'école devienne une école à temps plein. Je ne suis pas sûr de la façon de m'y prendre pour y arriver. Je lui ai dit que nous allons nous asseoir ensemble pour en discuter.

Je lui fais part de mes réticences à faire payer les enfants de la rue. Si je fais l'école, ce sera mon école et ce sera fait à ma façon. Je ne vois pas d'inconvénient à inclure les enfants de l'église, vu que la plupart des parents peuvent payer des frais minimes. Nous pourrons embaucher un autre enseignant pour m'aider avec le surplus d'élèves. Le pasteur pense que devrons nous enregistrer auprès du ministère de l'Éducation. Pour ma part, je ne suis pas au courant des procédures. Nous décidons donc d'aller rendre visite au Ministère pour prendre des renseignements sur ce dont on a besoin pour certifier l'école.

Nous avons un petit problème logistique, l'église n'est qu'une seule grande salle, et avoir plusieurs classes va nous poser des défis. Je suggère au pasteur de construire des panneaux amovibles, comme j'avais vu dans mon école du soir, qui nous permettra de diviser l'espace et ainsi avoir quatre salles de classes contiguës. Ce n'est pas l'idéal, à cause du bruit, mais il nous faudra faire avec les moyens du bord.

Je le convaincs de débuter avec quatre niveaux seulement et d'avoir deux groupes, un de jour et un de soir pour les enfants de rue et les restavèks. L'église va avancer l'argent pour les cloisons. Le pasteur fera appel à des bénévoles pour aider à les construire. Il va annoncer en chaire la semaine prochaine le début des inscriptions pour l'école et demander de l'aide aux paroissiens afin de mousser les inscriptions. Je suis excité à l'idée d'avoir ma propre école. Jamais dans mes rêves les plus chers ai-je pensé ou rêvé d'avoir une école, encore moins d'en diriger une. Arrivé à la maison, j'en fais part à Maria-Helena, qui partage mon enthousiasme.

— C'est super, Ouberto, ton école. Toi qui aimes tellement enseigner, je crois que tu as trouvé ta voie. Ne t'en fais pas, je vais continuer à travailler dans les bars, nous mettrons de l'argent de côté et nous pourrons louer une maison pour loger l'école. Je suis tellement excitée.

Elle me saute dans les bras, serrant très fort, me cajole :

— *Te quiero mucho* Ouberto *querido ! Mwen renmen ou anpil*[36].

— *Te quiero mucho tambien*[37].

---

36. Je t'aime beaucoup Ouberto chéri. Je t'aime beaucoup.
37. Je t'aime beaucoup aussi.

Le directeur

La visite au ministère de l'Éducation s'est avérée plus simple qu'on le croyait. Nous sommes tombés sur une fonctionnaire très compréhensive, qui nous a patiemment indiqué ce qu'il fallait faire pour enregistrer l'école auprès du Ministère. L'église du pasteur étant enregistrée auprès du ministère des Cultes, cela nous a facilité la tâche. La dame nous a expliqué que beaucoup de gens ouvrent des écoles sans l'aval du Ministère. Le fait que nous fassions des démarches nous est déjà favorable.

Nous sommes partis avec un tas de formulaires à remplir et un état des frais à payer avant l'octroi du permis. Nous avons compris que ce n'était pas une formalité nécessaire, car beaucoup s'en passent, mais si nous voulons plus tard que nos élèves accèdent aux examens du Ministère, c'est mieux de s'enregistrer.

Dans les jours qui suivent, le pasteur et moi sommes allés déposer les documents remplis au Ministère. J'étais enregistré comme directeurfondateur de l'école. Imaginez, moi, ti-Ibè, qui n'ai jamais fait de grandes études, j'allais être directeur de ma propre école. Le dossier étant en ordre, je suis allé à la banque pour faire émettre un chèque au nom du Ministère et on nous a dit de repasser dans dix jours pour récupérer notre permis d'exploitation.

Entre-temps, en plus des quarante élèves que nous avions déjà, une dizaine d'autres élèves payants se sont ajoutés à l'école. Le pasteur a suggéré de faire le tour du quartier et d'aller dans chaque maison afin d'inciter les personnes ayant des restavèks à les inscrire au cours du soir. Nous avons pu ainsi récupérer quinze autres élèves et nous pouvons sans trop de risques embaucher un autre enseignant pour me seconder.

L'école fonctionne depuis un an déjà, Maria-Helena prête main-forte au besoin, faisant office de secrétaire et de registraire. Elle m'aide aussi à tenir les comptes et à courir après les élèves quand leurs parents ou leurs maîtres sont en retard dans les paiements. J'essaie de ne pas être trop strict là-dessus, sachant l'importance de l'éducation pour tous ces gens.

Nous avons développé une belle relation d'amitié avec le pasteur, à un point tel que, malgré le fait que nous soyons catholiques, nous fréquentons son église. Cela nous permet en même temps d'établir des relations avec les parents de certains de nos élèves.

Nous sommes dans l'obligation de refuser des inscriptions et cela me fend le cœur. Instruire cin-

quante élèves dans une classe me semble une aber-
ration. Il ne nous reste qu'une solution : trouver un
local. Idéalement, il nous faut rester dans le quartier ou les environs. Depuis que nous avons fondé
l'école, nous gardons les yeux ouverts sur toutes
les maisons du quartier. Nous n'en avons jamais
vu une seule en vente. Il faut dire qu'il n'y a pas
d'agences immobilières à proprement parler dans
le quartier. Si une maison vient en vente, on ne le
saura peut-être jamais. Maria-Helena, toujours
pleine d'idées, suggère d'aller frapper aux portes
pour nous renseigner. Pendant deux semaines,
nous avons fait du porte-à-porte sans succès,
laissant nos coordonnées ainsi que le numéro du
portable de Maria-Helena et du mien. Nous nous
sommes procuré des téléphones, car nous ne travaillons plus tellement ensemble. Cela nous rassure
l'un l'autre de savoir que nous pouvons nous joindre
assez vite au besoin. Les téléphones portables sont
devenus incontournables partout dans la capitale.

Nous avions presque abandonné l'idée de trouver une maison quand, quelques mois plus tard,
une personne dont nous avions visité la demeure
auparavant nous a téléphoné pour nous dire que
celle d'une de ses amies près d'ici serait à vendre.

La maison n'est pas exactement ce que nous
avions en tête, mais le terrain est assez grand pour
nous permettre de faire des ajouts dans la cour au
besoin. L'emplacement, avec un accès sur une route
principale, est idéal. Reconfigurer une maison en
école n'est pas facile, mais nous n'avons pas les
moyens pour faire une nouvelle construction. La

maison, ayant cinq chambres à l'étage, peut suffire pour nos besoins immédiats. En réaménageant une partie du premier en bureau et le reste en classe, nous pourrons en faire sept salles sans problème. Reste à savoir si nous serons capables de négocier un bon prix et de pouvoir faire vivre cette école à long terme. Nous ne pouvons contracter un emprunt bancaire pour plusieurs raisons : nous n'avons pas de crédit, pas de compte bancaire, pas d'emplois fixes, pas de garantie à offrir. Rien. Nos économies sont tout ce que nous possédons avec les inscriptions des élèves en cours. Nous ne savons pas encore comment nous allons présenter la chose au pasteur, ni comment il va réagir en apprenant la nouvelle.

Advienne que pourra, nous prenons le taureau par les cornes et lui faisons part de nos projets et, à notre grande surprise, il nous encourage d'aller de l'avant avec la promesse d'avoir toujours de la place pour ses paroissiens. Maria-Helena et moi peinons à croire à notre bonne étoile.

Nous retournons au ministère de l'Éducation pour savoir ce qu'il nous faut faire pour le transfert. « Une simple formalité de changement d'adresse et la visite potentielle d'un inspecteur », nous informe-t-on.

Les négociations pour le prix n'ont pas été aussi faciles. La propriétaire, assez intransigeante au départ, s'est laissée toutefois convaincre de prendre une balance d'hypothèque comme prêt à terme sous la foi du nombre d'étudiants payants dans l'autre école. Nous avons embelli la situation

quelque peu, passant sous silence le nombre d'étudiants non payants.

Nous sommes tellement excités, que nous ne
pouvons dormir des nuits durant. Il y a tant à faire,
le mobilier, les tableaux, recruter plus d'élèves,
trouver des professeurs potentiels, ne sachant
pas si nous aurons assez d'inscriptions pour pouvoir y arriver. Le pasteur nous donne quelques
minutes lors du service hebdomadaire pour parler
aux paroissiens de notre nouveau projet et de nos
besoins. Plusieurs sont venus nous encourager
après le service, promettant de nous aider.

Je suis au bord de l'épuisement, mais avec
les ressources du pasteur qui nous a mis en lien
avec des ébénistes, nous meublons les trois salles
de classe pour lesquelles nous avons des élèves
garantis. Pour le reste, nous y parviendrons au fur
et à mesure des inscriptions. Le bouche-à-oreille
aidant, nous avons assez d'élèves pour ajouter une
salle de classe avant la rentrée.

33

La rédemption

Maria-Helena et moi avons décidé de prendre notre premier congé depuis bientôt deux ans de vie commune et d'aller passer la journée de dimanche à la plage de Mariani un peu à l'extérieur de Port-au-Prince. Nous avons préparé un pique-nique la veille, vu que nous devons partir très tôt le matin. Il nous a fallu aller nous acheter un maillot de bain, mon premier pour moi, et un bikini pour Maria-Helena.

— Tu vas faire tourner des têtes sur la plage, lui dis-je, en la voyant sortir de la cabine d'essayage.

Même si j'avais vécu près de la mer, je n'ai jamais été sur une plage, ni mes parents non plus à ce que je me souvienne. La plage de Mariani est située à quelques encablures de la capitale et il nous faut prendre deux autobus pour nous y rendre. D'abord aller jusqu'à Carrefour, puis changer d'autobus jusqu'à la plage. Pour ce faire, nous sommes partis de la maison ce matin à huit heures et nous ne sommes arrivés à la plage que vers onze heures trente. À cette heure, il n'y a presque personne. Quelques gamins accourent, nous prenant pour des touristes, essayant de nous vendre des petits bracelets mal ficelés en se frottant le ventre. Il y a quelque temps, ces gamins, c'était moi et j'ai eu mal au cœur. Je leur dis de revenir tout à l'heure et nous mangerons ensemble. Nous nous installons tout près de la mer sous un cocotier. Je m'asseois et regarde toute cette étendue bleue turquoise à l'infini qui me ramène à mon enfance. Si j'avais de l'argent, c'est ici que je vivrais, juste à côté de la mer. J'aime le roulis des vagues et le bruit qu'elles font en arrivant et en quittant la plage. Allongée sur la serviette, Maria-Helena me caresse le dos avec tendresse. Je me retourne pour la regarder, elle a les yeux pleins d'eau :

— Ça doit être ça le bonheur, Ouberto, c'est trop beau pour être vrai.

Elle ferme les yeux comme pour garder cette image, savourant ce beau moment que nous vivons.

Dès qu'on estime que le soleil est assez chaud, nous nous risquons dans la mer, Maria-Helena avec bravoure et moi timidement, presque un orteil à fois. Je ne m'aventure pas trop loin, me contentant de me laisser bercer par l'aller et le retour des vagues. J'essaie de m'accrocher tant bien que mal, mais le sable se dérobe sous moi et la mer me ballote comme un fétu de paille. Nous rions comme des gamins. Les garçons que nous avons vus en arrivant se joignent à nous et nous formons ensemble une belle famille batifolant sur la plage. Les gamins ont improvisé un match de foot avec ce qui me semble être une vieille chaussette roulée en boule en guise de ballon. Nous passons un bon moment à courir ainsi, jusqu'à ce que leurs énergies aient raison de la mienne. Je m'installe à côté de Maria-Helena et l'enlace en lui bécotant le dos. Elle me répond par des gloussements amoureux.

Le ciel est pur, quelques rares nuages au loin, ponctués de quelques mouettes qui virevoltent et plongent dans la mer. Je me réveille tenaillé par la faim. J'ai dû m'assoupir un bout de temps. Maria-Helena est assise, regardant la mer. Je ne lui dis rien, me contentant d'observer son dos et la courbe de ses formes. Je toussote pour attirer son attention. Elle se retourne en souriant :

— Allons trouver à manger.

Les marchandes ne sont jamais loin de la plage et des clients. Nous achetons assez de nourriture pour contenter notre petite armée de gamins. Une fois qu'ils nous ont remarqués près des marchandes, ils n'ont pas tardé à nous rejoindre. Ils n'avaient sans doute pas oublié les promesses faites plus tôt. Ils nous aident à transporter les boissons jusqu'à une table. Je les regarde manger en me demandant à quand remonte leur dernier vrai repas. Je dois les ralentir leur disant qu'on ne va pas leur enlever la nourriture. Je me renseigne sur leur vie. Ils habitent tous à une distance variable autour de la plage. Un seul d'entre eux va à l'école régulièrement, les autres, selon les ressources des parents. Je ne connais que trop bien cette réalité. Familles monoparentales, pères absents, mères tirant le diable par la queue. Au moins aujourd'hui, le repas est garanti.

L'après-midi s'étire entre plage et baignade. Maria-Helena et moi parlons de l'avenir, de l'école, de la visite à nos parents. Elle passe son bras autour de moi et m'attire vers elle en me chuchotant :

— Ouberto, veux-tu qu'on se marie ?

Je reste là, ne sachant quoi dire, les idées se bousculent dans ma tête à toute vitesse. Il me semble que tout tourne.

— Je ne sais pas, réponds-je. Se marier, qu'est-ce que cela implique ?

Je ne me suis jamais demandé si mes parents étaient mariés. Dans notre monde, les gens « s'accotent », comme Maria-Helena et moi. Devant mon hésitation, elle ajoute :

— Pas besoin de se décider tout de suite, tu sais, ça fait un bout de temps que j'y pense, je t'aime et je suis bien avec toi, Ouberto. Je veux fonder une famille sur des bases solides. Je veux ainsi te montrer mon attachement pour toi.

— Je n'ai jamais douté de ton attachement pour moi. Moi aussi, je tiens beaucoup à toi. Explique-moi ce que cela veut dire et prenons les arrangements pour nous marier.

Elle me saute dans les bras en dansant, ignorant les gens qui nous regardent en criant en espagnol :

— Nous allons nous marier, nous allons nous marier.

Quelques personnes qui comprennent l'espagnol applaudissent et nous félicitent de loin.

Le retour se fait dans l'allégresse et une excitation telle que nous n'avons pas vu passer la route et le temps. Chemin faisant, je me rappelle que je n'ai aucun papier d'identité. Maria-Helena suggère de demander conseil au pasteur sur les démarches pour ce faire.

— Il consacre souvent des mariages, il doit les enregistrer et donc doit être au courant des procédures et de ce qui doit être fait pour régulariser la situation.

— Qu'est-ce que nous allons dire à nos parents ? demandé-je à Maria-Helena.

Elle y a déjà pensé, me répond-elle :

— Ce serait trop compliqué de les inviter au mariage, faisons une cérémonie simple. Puis, tu écriras à ta mère lui annonçant la nouvelle et moi, je téléphonerai à la mienne. Ça fait tellement longtemps que je veux trouver une occasion de lui parler. Eh bien, c'est trouvé. Après, nous pourrons planifier d'aller leur rendre visite.

Je venais de vivre une des plus belles journées de ma vie.

Dès que nous avons pu nous libérer le lendemain, ne pouvant attendre, nous sommes allés rencontrer le pasteur. Sans hésiter, il a offert de m'accompagner dans les prochains jours au bureau des registres nationaux pour me faire faire une carte d'identité. Il se portera garant de moi. Il nous explique que, depuis le tremblement de terre qui a détruit une bonne partie des archives, il est plus facile d'obtenir une carte d'identité même si nous n'avons aucun papier.

— De toute façon, beaucoup de familles n'ont jamais déclaré leurs enfants à l'état civil. Il s'agira de faire ce qu'on appelle une déclaration volontaire. Nous avons besoin de déterminer ton âge approximatif, ton lieu de naissance, payer les frais requis. Je vais agir comme témoin et me porterai garant de ta reconnaissance. D'ici quelques semaines, tout sera régularisé et vous pourrez vous marier tout à fait légalement. Je sais que vous êtes catholiques tous les deux, mais cela me procurerait un immense plaisir de célébrer votre union. Pensez-y, je vous l'offre de tout cœur.

Sans même nous consulter, nous disons en chœur :

— C'est tout pensé, c'est oui, en nous regardant étonnés d'avoir eu la même réaction.

Soudain, j'ai l'impression que tout cela va trop vite, que ma vie défile à toute vitesse. La demande en mariage inattendue de Maria-Helena que j'adore. Je ne connais rien du mariage. Je ne sais trop ce que cela implique, ni la différence que cela représente d'avec ma vie avec Maria-Helena. Je lui pose plein de questions. Patiente, elle m'explique l'aspect de permanence, de vouloir concrétiser, solidifier notre amour. Elle parle avec excitation, de sentiment d'appartenance et l'idée de vouloir garder l'autre et préserver l'amour jusqu'à ce que mort s'ensuive.

— C'est une façon pour moi de te prouver combien je t'aime et combien je tiens à toi.

Je bois ses paroles comme de l'eau, même si je ne suis pas sûr de tout comprendre. Je me laisse emporter dans ma naïveté, je saute dans ses vagues d'enthousiasme, bercé par sa voix et son accent qui me font chavirer.

Je vais finalement être une personne. Je vais enfin exister dans les registres officiels après toutes ces années. Je vais avoir une carte d'identité avec ma photo. Je vais pouvoir voter et même faire une demande de passeport pour voyager à l'étranger. « Voyager, me dis-je en moi-même, je n'ai jamais songé, ni pensé pouvoir quitter le pays. »

— Il faut décider de ton âge et de ce que sera ton nom officiel, me prévient le pasteur.

Après discussions, sur l'aspect pratique de la chose, nous décidons que j'ai vingt et un ans et que mon nom de famille sera de la Forge, Hubert de la Forge, né à Jérémie et enfant légitime de mon père et de ma mère. J'aime ça et je trouve que cela sonne bien.

Comme prévu, le pasteur m'accompagne au bureau des enregistrements. Depuis le tremblement de terre, en attendant la construction de locaux permanents, le bureau loge dans ce qui me semble être deux grands containers soudés ensemble. Il y a des dossiers partout en attente d'être classés, je suppose. Les gens qui y travaillent sont confinés dans un espace assez restreint. Le pasteur m'aide à passer au travers de ce dédale administratif, la paperasse à remplir, le passage d'un guichet à l'autre. Il nous faut prendre le formulaire à un endroit, le remplir et l'apporter à un autre guichet pour le faire valider et y apposer un tampon. Comme je n'ai pas d'extrait de naissance, il faut m'en faire un avant de pouvoir obtenir la carte d'identité. J'ai fait comme le pasteur m'a conseillé, soit de dire que le certificat a disparu lors du tremblement de terre. Il a expliqué au préposé qu'il se portait garant de ma personne et de ma reconnaissance.

— Et puis en riant, ajouta-t-il, vous voyez bien qu'il est né et bel et bien en vie.

Le préposé ne sourit même pas, se contentant seulement de nous dicter le montant à payer. Je règle le montant requis pour le certificat de naissance. Il me tend un reçu en m'indiquant de me présenter au guichet là-bas, pointant du doigt l'endroit.

— Ce sera prêt dans deux semaines environ, termine-t-il.

J'en profite pour demander le formulaire pour la demande de carte d'identité, de sorte que je puisse le remplir avant la prochaine visite.

Je sors du bureau dans un état d'excitation sans bornes. Je parle vite et sans cesse. Je remercie le pasteur pour sa gentillesse. Je voudrais dire à toutes les personnes rencontrées, que moi, ti-Ibè, je vais officiellement exister, être quelqu'un et que mon nom est Hubert de la Forge. Je ne marche pas, je vole et le pasteur tout essoufflé met ses pas dans les miens tant bien que mal. Au bout de quelques rues, il m'arrête :

— Ti-Ibè, ralentis, je ne peux pas te suivre. À ce rythme-là, je ne me rendrai pas jusqu'à l'église.

J'ai tellement hâte de pouvoir tout raconter à Maria-Helena.

À peine rentré, je lui déballe toute l'histoire presque aussi vite que ma marche, prenant à peine le temps de respirer. Elle m'attire vers elle, me prend dans ses bras et, tout en caressant mon dos, me glisse à l'oreille :

— Calme-toi, Ouberto, calme-toi, reprends ton souffle.

— D'accord, lui dis-je, me calmant sur le coup.

— Raconte-moi tout, j'ai hâte de savoir.

Je lui fais part dans les moindres détails de ma journée. Je lui décris l'endroit, les gens rencontrés et les prochaines étapes.

Devant la tournure des évènements, nous décidons d'une date pour le mariage, qui reste conditionnelle à l'obtention des papiers, car nous savons que, même dans le meilleur des mondes, il y a toujours des retards administratifs. Nous décidons d'aller confirmer la date au pasteur dès que possible afin de nous assurer qu'elle lui convienne.

La vie reprend son cours rapidement. Entre les soirées de travail dans les bars, les visites des clients attitrés et l'école, les préparatifs ont été relégués au quatrième rang. J'ai toutefois pris le temps d'aller chercher mon acte de naissance et faire préparer ma carte d'identité. Le pasteur nous a dit de ne pas nous en faire pour acheter ou louer une robe ou un costume, car il a tout ce qu'il faut. Il a obtenu de bons samaritains étrangers de l'argent afin de se procurer des robes et des habits de mariés pour la communauté.

— Quelques ajustements seront sans doute nécessaires, mais nous avons une couturière dans la communauté de l'église qui fait des miracles.

Il nous montre les choix de robes et d'habits à notre disponibilité et nous choisissons ce qui nous plaît le plus, en fait plus ceux qui nous vont, car le choix n'est pas immense. Maria-Helena est splendide dans sa robe, bien qu'au niveau des seins, la fermeture éclair n'arrive pas à se fermer. On devra donc faire appel à la magie de la couturière. Le pasteur la fera venir et nous indiquera quand nous pourrons passer pour les ajustements. Elle portera une belle robe de dentelle fortement échancrée qui laisse voir sa généreuse poitrine et qui met aussi en évidence sa petite taille et ses belles hanches. J'aurai un beau costume bleu marin rayé, même si les manches et le bas sont beaucoup trop longs et devront être ajustés. C'est la première fois que je vais porter un habit et je me sens un peu mal à l'aise avec le veston qui ne me sied pas vraiment. Mais pour une journée, cela ira.

La liste d'invités n'est pas très longue : quelques-uns des élèves de l'école, quelques rares amis des bars, le pasteur et son épouse. Nous avons prévu une petite réception dans la cour de la maison après le mariage, et Maria-Helena a pu solliciter une de ses amies dominicaines pour aider à la préparation du repas et la confection du gâteau de mariage. Le pasteur, plein de contacts, nous a déniché un photographe pour l'occasion. Maria-Helena tient à avoir des photos pour les envoyer à nos parents respectifs.

Le mariage s'est déroulé comme un rêve. Maria-Helena ressemble à un ange dans sa belle robe blanche, ses chaussures, appareillées à sa robe, achetées pour la circonstance, ses cheveux noirs coiffés et ceints d'une guirlande de fleurs fraîches provenant du jardin pour la plupart, de même que son bouquet de mariée dont elle a cueilli les fleurs et qu'elle a confectionné elle-même. Même le pasteur et sa femme semblent être au paradis et heureux pour nous. Toute la congrégation s'est déplacée pour l'occasion et la chorale s'est mise en voix pour nous faire plaisir. Je me sens plutôt mal à l'aise dans mon habit et surtout avec la cravate qui me serre le cou, m'empêchant presque de respirer. La chaleur accablante me fait suer de toutes parts et avec l'énervement, je ne tarde pas à avoir des cernes de sueur en-dessous des bras et je dois m'éponger le visage à chaque minute. «Relaxe, ti-Ibè, tout va bien, tout est sous contrôle.»

Je pense à mes parents, à ma mère surtout qui, je sais, serait si fière de me voir me marier et d'assister au mariage. Je regrette un peu de ne pas l'avoir invitée, car nous avons les moyens de leur payer le passage. Mais comme m'a convaincu Maria-Helena :

— Ce serait un traumatisme pour les deux qui n'ont jamais voyagé, jamais pris le bateau, sans compter l'énervement du mariage. Nous irons leur rendre visite à la place, comme prévu.

Cette idée me revenant à l'esprit me calme un peu. Je pense aussi à Gégé : il aurait été heureux pour moi. Je l'écarte aussitôt de mes pensées pour me consacrer tout entier à l'instant présent et à cette belle femme qui est sur le point de devenir mon épouse, ma compagne, mon ange gardien attitré, même si elle l'est déjà.

La cérémonie est un véritable charme. Un rêve. Le pasteur est généreux dans son sermon, nous donnant en exemple à la communauté :

— Voici deux âmes sœurs, qui se sont rencontrées pour le meilleur et pour le pire et qui ont su s'élever au-dessus de leurs conditions, même quand celles-ci sont difficiles et qui ne se sont pas laissé entraîner vers le bas.

Nous avons tous deux les larmes aux yeux. Jamais nous n'aurions pu penser qu'en moins de deux ans nous aurions pu en arriver là : partir du gang de rue et elle du Club et faire la vie que nous avons maintenant. Je vis sur un nuage, tellement heureux que je serais mort sur le champ sans regret aucun. Pas que je veuille mourir, mais je suis si bien que je ne peux concevoir meilleur moment ni rien de mieux que cet instant. Le pasteur a prévu une petite réception à l'église pour la communauté. De notre côté, un des amis du pasteur nous a conduits jusqu'à la maison pour la réception intime qu'ont préparée Maria-Helena et son amie.

C'est une vraie merveille. Pendant que nous étions à l'église, la maison a été décorée par quelques élèves et l'amie de Maria-Helena. Je ne pensais pas que nous étions dans la même maison. Une table est dressée dans la cour pour nous et les invités.

— Quand est-ce que Maria-Helena a pu organiser tout cela ? Elle doit être une magicienne !

Le photographe nous suit pas à pas et commence à m'énerver.

— Arrêtez-vous là, regardez par ici, faites ceci, faites cela.

J'essaie de m'y prêter de bonne grâce, sachant que cela fait plaisir à Maria-Helena. Je n'ai pas conscience de la durée, du futur, des souvenirs générés par ces photos. Je n'ai pas été élevé de la sorte, il n'y avait aucune photo chez mes parents, je suppose autant par manque de moyens que par habitude. Dans les moments où j'étais isolé et seul, j'aurais bien aimé avoir une photo de ma mère afin de l'avoir avec moi. De l'autre côté, je suis tout aussi heureux de pouvoir garder ses souvenirs dans ma mémoire et aller me réfugier dans ses recoins sachant qu'elle est toujours là, comme je m'en souviens.

La fête bat son plein, tous les amis présents semblent beaucoup s'amuser. Maria-Helena est radieuse et je suis tellement heureux de la tournure de ma vie que je ne sais pas comment contenir tant de bonheur. Je m'imprègne de cet instant et absorbe le tout, passant de l'un à l'autre des invités m'assurant que tout va bien et que tous ont de quoi manger et boire. Je remarque comment les amis sont importants pour nous et ils remplacent temporairement la famille qui nous manque beaucoup, surtout dans une journée et un évènement mémorables comme celui-ci.

La soirée s'achève et nous nous retrouvons, mari et femme, seuls pour la première fois. Nous dansons au milieu de la pièce sans musique, savourant la chaleur de nos corps, nous imprégnant de tendresse et d'affection. Ça ne prend pas beaucoup de temps pour que l'excitation prenne le dessus et, tout en continuant notre danse lascive, nous nous déshabillons l'un l'autre, les sens en éveil. Nous nous embrassons avec passion et c'est à même le sol parmi nos vêtements épars que nous consommons notre union avec fougue et tendresse à la fois.

Nous n'avons pas planifié de voyage de noces et cette fin de semaine seuls est en quelque sorte notre lune de miel. Nous avons pris congé du travail pour nous consacrer tout entièrement à nous deux. Nous comptons aller à la mer et prendre simplement la journée comme elle vient, savourant chaque minute tout en devisant et envisageant notre futur ensemble.

34

Titan

Les semaines qui suivent sont consacrées au boulot. Maria-Helena passe son temps entre le travail dans les bars et l'aide qu'elle me donne à l'école, qui occupe de plus en plus en plus de mon temps. D'un commun accord, nous convenons que ce serait plus rentable ainsi. Je me consacrerai entièrement à l'école afin d'attirer plus d'élèves durant le jour tout en continuant les cours du soir pour les restavèks et les enfants dans le besoin du quartier.

Nos photos de mariage sont finalement arrivées, mais nous avons dû poursuivre le photographe jusqu'au harcèlement afin qu'il les livre. Il a manqué plusieurs des dates promises et nous a servi toutes sortes d'excuses. Nous commençons à penser qu'il les avait égarées, au grand désespoir de Maria-Helena qui les attendait impatiemment pour pouvoir les envoyer à nos familles respectives. Une chance que nous avons décidé, malgré ses supplications, de ne pas lui payer le montant au complet. Nous n'aurions probablement jamais vu les photos. Le résultat est très satisfaisant, cela nous amène de beaux souvenirs. Nous choisissons les photos pour nos parents et planifions de les envoyer dans les prochains jours. Maria-Helena de son côté l'enverra par la poste et moi, aux soins du capitaine du bateau. Je profite de l'occasion pour écrire à mes parents.

Port-au-Prince

Chers parents, chère maman,

Cela fait déjà un certain temps depuis ma dernière lettre et j'espère que papa et toi vous allez bien tous les deux. Tout d'abord, la grande nouvelle, comme tu peux voir dans les photos ci-jointes, Maria-Helena et moi nous sommes mariés il y a de cela trois mois. Nous vivons plus heureux que jamais et notre couple s'établit sur des bases solides. Nous nous aimons profondément et prenons soin de nous deux. Nous aurions bien aimé que vous assistiez au mariage, mais connaissant les difficultés liées au voyage jusqu'à Port-au-Prince, nous avons décidé que nous ferons le voyage à la place.

J'aimerais que tu puisses voir le jardin de la maison, maman. Maria-Helena a fait des miracles avec les fleurs. Aucun espace disponible n'est pas occupé par des plantes ou des fleurs. Ce jardin est notre oasis à tout moment de la journée et nous y finissons presque toujours nos soirées, dès que possible.

L'école progresse bien, j'y consacre la majeure partie de mon temps entre l'enseignement et l'administration. J'ai pu récemment embaucher un enseignant additionnel pour m'aider et, si la tendance se poursuit, je devrai en trouver un autre bientôt pour les cours du soir afin de me libérer un peu.

L'école me permet de donner en retour un peu de ce que j'ai reçu. De voir les éclairs dans les yeux des élèves de tout âge quand ils peuvent écrire ou compter, ou simplement comprendre un concept, me remplit de joie. Je ne pensais jamais que mon destin résiderait dans l'éducation des enfants laissés pour compte par notre société. Si les parents savaient vraiment toutes les misères que subissent les restavèks, ils penseraient deux ou trois fois avant d'abandonner leurs enfants. Je ne veux pas te blâmer ici, maman, mais tu ne pouvais pas savoir ce qui m'attendait. Cela m'a tout de même permis de faire ce que je fais aujourd'hui, mais très peu de restavèks ont cette chance. Aux dernières nouvelles, il y en a plus de 300 000 dans le pays, la majorité dans la capitale, à passer leur temps à prendre soin des familles et à trimer dur sept jours par semaine sans salaire et sans reconnaissance.

Si tu savais tout ce que j'ai souffert, chère maman, aux mains de cette famille. J'ai été battu, humilié, travaillant du matin jusqu'au soir sans le moindre répit, mises à part les heures où j'étais à l'école. Je te raconterai tout cela en détail quand nous nous verrons.

Nous prévoyons venir vous rendre visite à la fin des classes en début d'été. J'ai tellement hâte de vous présenter Maria-Helena et elle, de vous rencontrer. Nous arriverons par autobus, parce qu'elle n'aime pas l'idée de prendre la mer. Ne t'en fais pas, je sais que tu n'as pas de place pour nous recevoir. Je me suis renseigné sur une petite pension où nous pour-rons descendre. J'ai déjà très hâte d'être à l'été !

Autre nouvelle, j'ai maintenant ma carte d'identité au nom d'Hubert de la Forge. Il fallait m'en faire une pour le mariage et, bientôt, je vais aller me procurer un passeport pour aller rendre visite aux parents de Maria-Helena en République domini-caine. Ce n'est pas obligatoire, mais le pasteur nous a conseillé de le faire afin de nous éviter des ennuis à la frontière, surtout ces derniers temps.

Maria-Helena a annoncé la nouvelle à sa mère par téléphone, qui était très contente pour sa fille et pour nous. Elle aussi a très hâte de me rencontrer. Nous n'avons pas encore décidé de la date pour notre visite à sa mère. Ce sera sans doute après notre visite à Jérémie.

Je t'envoie un petit quelque chose pour t'aider et je voudrais que tu ailles t'ouvrir un compte auprès de Western Union. Ce sera plus facile de pouvoir t'envoyer de l'argent sur une base régulière. Écris-moi pour me dire quand tu l'auras fait.

Embrasse papa de ma part et dis-lui que je pense souvent à lui et dis aussi bonjour au Simplet.

Tu me manques tellement. Je t'embrasse tendre-ment,

Ton fils, ti-Ibè.

Nous sommes allés, comme c'est devenu notre routine, confier la lettre au capitaine Savard. Il fait beau et nous en profitons pour nous promener au bord de la mer. Je me remémore et retrace avec

Maria-Helena les pas qui m'ont amené jusqu'à elle. Je lui montre le marché de charbon, près du quai de débarquement d'où je suis arrivé. Nous faisons un petit détour vers le bicentenaire et de là nous nous dirigeons vers l'endroit pour prendre le *tap-tap* qui nous conduira à la maison.

Nous arrivons face à face avec Titan et mon cœur fait un bond dans ma poitrine. Je ne pense pas qu'il m'ait reconnu. Je serre très fort la main de Maria-Helena qui s'interroge. Je passe à côté de lui, sans lui jeter un regard, comme si de rien n'était, comme si je ne le connaissais pas. J'accélère le pas après l'avoir dépassé pour mettre le plus de distance possible entre lui et moi. Je serre toujours la main de Maria-Helena sans dire un mot. Elle me suit sans comprendre. Je n'ose pas me retourner. Elle sait, elle sent que quelque chose ne va pas. Mon cœur bat à tout rompre dans ma poitrine et je suis en sueurs, rompu par la peur.

Du coup, j'entends des pas derrière nous et quelqu'un m'appeler : « Ti-Ibè ? ». Je fais l'erreur de me retourner pour faire face à la voix. Titan me tire deux balles dans la poitrine presque à bout portant, en pleine rue et en plein jour. Il prend ses jambes à son cou et disparaît dans la foule. Mes genoux se plient tandis que je quitte la main de Maria-Helena au ralenti pour la porter à ma poitrine. Je vois sa bouche entrouverte comme pour porter un cri, mais je n'entends aucun son. Je m'étends de tout mon long sur l'asphalte poussiéreuse. La dernière chose que j'entends, c'est la voix de Maria-Helena criant : « Non, non, Ouberto, non. » Je sens la vie qui me quitte doucement, j'esquisse un sourire en pensant à Maria-Helena.

Ma vie récente se déroule à toute vitesse devant mes yeux. Je revois tout comme dans un film, depuis mon enfance. Des souvenirs enfouis passent à toute vitesse. Je revois tous les visages de tous les gens que j'ai connus qui se superposent à l'infini. Il n'y a aucun son, juste des images en rafales. Je descends comme dans un tourbillon vers un puits de lumière aveuglant. Je me retrouve soudain sous l'eau, comme dans un lac qui m'enveloppe. Je flotte dans ce liquide les yeux ouverts et ne vois rien cependant. Je suis bien, comme dans un état d'apesanteur, libéré de tout mal, de toutes pensées. Je descends doucement, balloté comme une plume au vent. Un bien-être dont je ne voudrais jamais sortir. Le temps s'est arrêté. Plus rien n'a d'importance maintenant.

35

La lumière

Une lumière intense m'aveugle. J'ouvre les yeux avec peine. Ma tête me fait mal comme si elle allait éclater. Je suis entouré de machines qui ronronnent tout doucement. J'entends le bruit d'un respirateur et celui du moniteur cardiaque. Je suis donc en vie. J'essaie de tourner la tête pour voir ce qui se passe et n'y arrive pas. Je suis dans une chambre d'hôpital, il me semble, bien que je n'y sois jamais allé. Que fais-je là ? Ai-je perdu la mémoire ? Je ne me souviens plus de rien ! Je suis attaché à des tubes qui me sortent de partout. Je ne peux pas parler, je suis seul. Des larmes coulent tout doucement de mes yeux, j'ai tellement hâte de revoir le visage de Maria-Helena.

Il me semble que j'étais dans un rêve sans fin. Je suis retourné chez Gran'Da, elle était jeune et très belle. Elle avait la peau lisse comme une mangue et avait toutes ses dents. Elle hochait la tête et me souriait, mais elle ne m'a pas parlé. Charles le Simplet était là lui aussi, nous étions jeunes et nous avons joué ensemble. Nous courions sur un grand terrain de jeu en riant et il était tout à fait normal. J'ai même rencontré le *Choukèt-la-rouzé*. Il ne semble pas m'avoir reconnu. Il discutait avec des gens assis en rond sous un manguier dont les fruits étaient pendus si bas qu'ils n'avaient qu'à se lever pour les cueillir, comme dans les contes de Gran'Da. Je vois le visage de Titan, le chef du gang. « Qu'est-ce qu'il fait là ? » Il me regarde intensément et semble vouloir me dire quelque chose, sa voix se perd. On dirait que je suis sourd. Il n'y a aucun bruit.

J'ai dû me rendormir, car je n'ai pas entendu cette personne entrer dans la chambre. Elle est en train de vérifier les machines et prend des notes dans un cahier. J'avais les yeux ouverts, elle ne l'a pas remarqué, j'essaie d'attirer son attention. Les tubes m'empêchent de parler. J'essaie de bouger la main, elle semble être figée ou attachée. Je lui dis dans mes pensées : « Eh, regarde-moi, je suis réveillé. » Peine perdue. Elle allait sortir dans la chambre quand elle se retourne vers moi et remarque mes yeux ouverts. Son cahier lui tombe des mains et elle sort en courant de la chambre comme si je lui avais fait peur.

Elle revient suivie de deux autres personnes toutes souriantes. L'une d'elles me prend le poignet tout en consultant sa montre et hoche la tête en signe d'approbation à l'autre et toutes deux sourient de nouveau. Un homme me touche le front, regarde les machines. Aucun mot n'est échangé. Je me contente d'observer la scène, ne sachant ce qui se passe, ni ce que je fais là. Je n'ai aucun souvenir de la façon dont j'y suis arrivé. Celui qui a l'air plus âgé prend enfin la parole :

— Vous revenez de loin, monsieur ! Reposez-vous, nous reviendrons vous voir sous peu.

« Me reposer ? Pourquoi ? Où est Maria-Helena ? Est-ce qu'elle sait où je suis ? » Il me semble que je ne fais que ça me reposer. J'ai toujours mal à la tête. « Comment suis-je arrivé ici ? »

Je n'arrive pas à remonter le fil du temps, comme s'il s'était cassé. Je me revois sur un petit yacht avec Maria-Helena, nous sommes à l'arrière, elle a un foulard autour du cou qui vole au vent. Nous accostons sur un quai. Tout est paisible. Nous arrivons dans un village lumineux, baigné de soleil, entouré de montagnes verdoyantes. Il y a des oiseaux partout et le ciel est d'un bleu profond sans aucun nuage.

On me flatte la joue, je sens une main chaude, douce et rassurante. J'ouvre les yeux sur le sourire de Maria-Helena et les larmes envahissent mes yeux de nouveau.

— Je suis là Ouberto *querido*[38]. Tu m'as tellement manqué !

Elle est si belle ! Je ne peux que lui parler des yeux. Elle m'embrasse le front et je sens toute sa tendresse et sa chaleur se transférer en moi.

— Dors si tu veux, je reste là à tes côtés.

Comme si elle lisait dans mes pensées, elle ajoute :

---

38. Ouberto chéri.

— Les médecins te disent hors de danger, le pire est passé. Tu as perdu beaucoup de sang et tu es resté dans le coma pendant plusieurs jours. Tes organes vitaux n'ont pas subi de dommage. Une des balles a frôlé ta colonne, on ne saura s'il y a des séquelles que quand tu pourras te lever. On te croyait perdu pour toujours. Je suis resté à tes côtés, veillant sur toi et guettant des signes d'espoir. Les médecins ne savaient pas. Mais moi, j'avais confiance que tu me reviendrais, je t'aime trop pour te perdre si tôt.

Je referme les yeux et m'endors de nouveau. Sur le quai, il y a une femme tout habillée de blanc, son foulard blanc vole au vent. Elle m'ouvre les bras et a les traits de Maria-Helena.

Table des matières

Indociles

Imprimé sur papier Enviro
100 % postconsommation
traité sans chlore, accrédité Éco-Logo
et fait à partir de biogaz.

Couverture 30 % de fibres postconsommation
Certifié FSC®
Fabriqué à l'aide d'énergie renouvelable,
sans chlore élémentaire, sans acide.

Image de couverture : *Tap-tap*, Johnson Augustine (Croix-des-Bouquets,
Haiti), œuvre en métal recyclé. | Courtoisie de Singing Rooster, une OSBL
qui donne un accès direct au marché à des petits producteurs haïtiens :
www.singingrooster.org

Couverture et mise en pages : Anne-Marie Berthiaume
Révision : Pierre Chartrand

ACHEVÉ D'IMPRIMER EN FÉVRIER 2017
SUR LES PRESSES DE L'IMPRIMERIE GAUVIN
GATINEAU (QUÉBEC) CANADA

RECYCLÉ
Papier fait à partir
de matériaux recyclés
FSC® C100212